Lucy Ellis

Amor en Moscú

D0711013

HARLEQUIN™

Editado por HARLEQUIN IBÉRICA, S.A.
Núñez de Balboa, 56
28001 Madrid

I.S.B.N.: 978-84-687-2400-3
Depósito legal: M-35516-2012
Editor responsable: Luis Pugni
Fotomecánica: M.T. Color & Diseño, S.L. Las Rozas (Madrid)
Impresión en Black print CPI (Barcelona)
Fecha impresion para Argentina: 15.7.13
Distribuidor exclusivo para España: LOGISTA
Distribuidor para México: CODIPLYRSA
Distribuidores para Argentina: interior, BERTRAN, S.A.C. Vélez
Sársfield, 1950. Cap. Fed./ Buenos Aires y Gran Buenos Aires,
VACCARO SÁNCHEZ y Cía, S.A.

Capítulo 1

HABÍA viajado hasta Toronto para encontrar a un hombre, pero no podía ser aquel.

¡Maldición! Aquel no, por favor.

Aun así, Rose fue incapaz de no quedarse mirándolo atontada, al igual que todas las demás mujeres que había en la habitación.

Se trataba de un individuo alto y fuerte, de pómulos marcados, nariz larga y recta, boca de labios voluminosos y ojos profundos del color de la noche. La expresión de aburrimiento que lucía no hacía sino ensalzar su belleza masculina. Era innegable que la genética le había favorecido. Medía más de metro noventa y llevaba un traje oscuro de corte caro que marcaba su cuerpo musculoso y que hizo que Rose se fijara en lo diferente que era un cuerpo masculino de un cuerpo femenino.

Tampoco hacía falta que nadie se lo recordara, pero aquel hombre parecía estar allí para ello.

Los demás hombres, todos ataviados de traje, que había a su alrededor también eran muy guapos. Uno de ellos sonreía a las cámaras mientras que otro parecía más tímido y, en general, hablaban entre ellos.

Rose se dio cuenta de que se estaba sonrojado y se dijo que no era el mejor momento para tener un ataque de nervios. Sabía en lo que se estaba metiendo desde el momento en el que había visto en la prensa que los Lobos iban a estar en Toronto. Era una noticia tan importante que resaltaba en la sección de deportes. Todas las mujeres hablaban de lo mismo y no precisamente porque su sección preferida del periódico fuera la de deportes, sino porque aquel equipo era digno de mención por la belleza de sus miembros. A todas las mujeres del mundo les interesaba un hombre guapo con un cuerpo increíble.

Y eso a los Lobos les sobraba. Todos ellos tenían ojos melancólicos, pómulos altos y su acento ruso les hacía todavía más atractivos si cabía.

Rose solía creer que sabía perfectamente lo que les interesaba a las mujeres. Le gustaba pensar que era toda una experta. Ella, y el banco que le había concedido la hipoteca, dependían de ello.

Quería demostrarle al mundo, o quizá solamente a la ciudad de Toronto, que sabía lo que las mujeres buscaban en un hombre y cómo conseguirlo.

Lo único malo era que no había reparado en aquel hombre. Estaba hablando en voz baja con el tipo que tenía al lado, pero no paraba de pasear la mirada por la habitación. Estaba aburrido y de mal humor.

«A punto de estallar», decidió Rose abanicándose con el programa que le había entregado la chica de la puerta.

Por lo visto, todos los periodistas de la ciudad se habían dado cita allí para ver qué tenían que decir aquellos deportistas, que parecían incómodos vestidos de traje. La selección rusa de hockey sobre hielo era la mejor del mundo y aquel equipo siberiano tenía todo el glamour de su propietario, Yuri Kuragin, un hombre muy rico e igualmente famoso. A su lado se encontraba el antiguo seleccionador nacional, pero no los jugadores gemelos que quería fichar un equipo canadiense. De los Lobos habían salido las mejores estrellas rusas de aquel deporte.

Aquello a Rose le importaba bien poco, al igual que

a todas las demás periodistas presentes en la sala. Lo que les importaba a ellas era que aquellos hombres eran realmente guapos. Aquella rueda de prensa no tenía nada que ver con el deporte y todo que ver con el sexo porque el sexo era lo que más vendía.

Las mujeres estaban locas por ellos y los hombres querían parecerse a ellos. Rose estaba especialmente interesada en que un par de aquellos jugadores le dieran publicidad a su agencia matrimonial. Sería una publicidad maravillosa y debía conseguirla gratis, pues no tenía dinero para pagarla. Así que había decidido utilizar todos sus encantos, que no le faltaban.

Por eso mismo, no le había pedido a la dirección del equipo directamente lo que quería y había decidido apañárselas ella solita. Ahora que lo tenía delante, sin embargo, comprendía que el señor Yuri Kuragin no era un hombre fácil de manejar.

Rose nunca había visto a un hombre que necesitara menos los servicios de una agencia matrimonial, pues tenía el cuerpo de un deportista y todo en él hablaba de autoridad y de poder. No hacía falta que nadie le dijera quién era. Sí, estaba claro que aquel era el tipo que le iba a acarrear problemas.

Pero su padre no la había educado para tirar la toalla. Por eso estaba allí, en mitad de todos los medios de comunicación de Toronto, en el hotel Dorrington, nerviosa a más no poder.

Al señor Kuragin le estaban haciendo preguntas en ruso y en inglés y, aunque Rose no entendía mucho de lo que le estaban diciendo, oía todo lo que estaban hablando. Como quería verlo bien, se puso de lado e intentó hacerse un hueco entre los periodistas.

—Perdón, lo siento, solo un segundo... perdón.

Aquello no era estrictamente necesario. De hecho, le venía mejor permanecer en la total invisibilidad, pero no había podido evitar la tentación de verlo bien de cerca.

Qué buena vista tenía ahora.

Aunque, por otra parte, no le iba a servir de nada, pues era imposible acercarse realmente a aquel hombre.

De repente, se dio cuenta de que el señor Kuragin había dejado de hablar y la estaba mirando. Sus ojos, profundos e intensos, estaban clavados en ella.

Rose sintió que se le paraba la respiración.

El señor Kuragin se había girado completamente hacia ella. Fue entonces cuando Rose comprendió lo que había sucedido. Al abrirse paso entre los periodistas, había avanzado hacia él, había sido solo un paso, pero más que suficiente para que reparara en ella.

También más que suficiente para pisarle el zapato por detrás a la mujer que tenía delante de ella, que se giró y le dijo algo en tono grosero. Entonces, el coordinador de la rueda de prensa la miró.

–¿En inglés? –le preguntó.

Acto seguido, le entregaron un micrófono. Rose se quedó mirándolo y bajó los ojos. Cuando volvió a levantar la mirada, se encontró de nuevo con los ojos de él, que la estaba mirando de una manera inequívoca.

¿Por qué la miraba así?

«Le tengo que hacer una pregunta. Quiere que le haga una pregunta», se dijo.

Rose sentía la garganta constreñida y reseca. Aun así, se pasó la lengua por el labio inferior y consiguió que le saliera la voz.

–¿Está usted casado? –le preguntó con su acento de Texas.

Capítulo 2

A YURI no le gustaban demasiado los medios de comunicación, pero sabía cómo seguirles el juego. Sabía que, de vez en cuando, había que comparecer ante ellos, sabía que la publicidad siempre le iba bien y, sobre todo, sabía cómo no decirles nada.

A veces, conseguía frenar un poco el impacto de las constantes declaraciones de su última novia, que iba por ahí hablando de las supuestas orgías que se organizaban en su yate. Lo último que se había inventado era que en la fiesta de su veintiocho cumpleaños había actuado una bailarina que se había desnudado dentro de una bañera de champán. Aunque era cierto, no le hacía ninguna gracia ver su vida publicada a todo color en las portadas de las revistas y saber que constituía un entretenimiento para las masas.

Lo único bueno de estar tan expuesto a la opinión pública era que el equipo se beneficiaba de ello y Yuri estaba dispuesto, de vez en cuando, a realizar aquel sacrificio por el entrenador y por los chicos.

Solo iba a ser una pequeña rueda de prensa antes del partido, pero él estaba pensando en otra cosa. Se había pasado la mañana con sus abogados para sacar a dos de sus mejores jugadores del calabozo. En aquellos momentos, los tenía custodiados en la habitación del hotel porque no se fiaba de ellos y no quería dejarlos solos. Pero era solo cuestión de tiempo que la historia saliera a la luz.

Y, de repente, la había visto.

Aquella chica lo había mirado con descaro y en sus ojos Yuri había visto lo que quería, pues estaban abiertos de par en par. Yuri había visto una cama deshecha y una mujer desnuda tumbada en ella, caliente y húmeda, esperándolo.

Sí, esperándolo a él.

Aquello había sido más que suficiente para que dejara de pensar en el equipo.

Ojos grandes y azules, mejillas sonrosadas y labios carnosos y sonrosados que parecían estar siempre sonrientes. Había catalogado todos sus atributos y se había encontrado sonriéndole también, lo que le había gustado, pues, hasta aquel momento, no había tenido ni un solo motivo para sonreír aquel día.

Las cosas acababan de cambiar.

Yuri se irguió un poco en su butaca y echó los hombros hacia atrás adrede. Pensó que aquella mujer era un ángel y le hizo gracia su propia susceptibilidad. Su físico le recordaba al de las vírgenes del Renacimiento.

Sí, era una chica realmente guapa.

Consciente de que tenía toda su atención, de que la rueda de prensa ya no importaba absolutamente nada, Yuri le había pedido que le hiciera una pregunta. Al ver que se quedaba en blanco, se le había pasado por la cabeza redirigirla a otra persona, pero, entonces, la diosa morena se había mojado los labios, había abierto la boca y le había preguntado lo único que todo el mundo sabía.

Todo el mundo sabía que estaba soltero.

La novia de la fiesta de la bailarina desnuda en la bañera de champán se había encargado de que todo el mundo se enterara.

Mientras todos los presentes se reían, la chica lo volvió a mirar.

Ser tan rico y tan guapo le había dado a Yuri los privilegios de las estrellas del rock en cuanto a mujeres se refería. A decir verdad, ya no se dejaba llevar con tanta facilidad, pero ella no tenía por qué saberlo. Por un instante, jugueteó con la fantasía de hacer que se la llevaran a su suite. Una vez allí, la pondría de rodillas, deslizaría sus manos entre sus cabellos y la obligaría a...

Había perdido la cabeza.

Le hicieron otra pregunta. En aquella ocasión, se trataba de algo que tenía que ver con la selección nacional. Podía contestar a aquel tipo de preguntas con los ojos cerrados. Menos mal porque la morena de ojos azules estaba avanzando hacia la primera fila y Yuri no podía fijarse en otra cosa.

Era directa, de eso no cabía ninguna duda. Yuri observó cómo un miembro de su equipo de seguridad intentaba interceptarla y cómo ella se le encaraba.

Cuando uno de los mejores reporteros del *Moscow Times* le hizo una pregunta sobre los rumores según los cuales Sasha Rykov iba a fichar por un equipo canadiense, Yuri volvió a centrarse en la rueda de prensa y se dijo que era una suerte que le preguntaran por Rykov. Mientras consiguiera que los periodistas se centraran en aquel asunto, no repararían en la ausencia de dos de sus mejores jugadores.

El entrenador, Anatole Medvedev, respondió a la siguiente pregunta y, un rato después, la rueda de prensa había terminado. Había llegado el momento de saludar a los patrocinadores. Había muchos periodistas en la sala todavía y Yuri se dijo que debía tener mucho cuidado con los chicos. Algunos eran muy jóvenes y todavía no sabían lo peligrosos que resultaban los periodistas. Lo último que le interesaba en aquellos momentos era una filtración a la prensa.

La morena de ojos azules se había evaporado y con ella su fantasía sexual.

Rose estaba algo nerviosa después del encuentro que había tenido con el jefe de los Lobos, pero no se amedrentó. Miró a su alrededor consciente de que, cuanto antes lo hiciera, mejor. Lo único que necesitaba era dos voluntarios.

Pensó que todavía estaba a tiempo de irse, de volver a su casa y de olvidarse de la publicidad. Le resultaba incómodo que alguien pudiera considerar su comportamiento poco ético, pero debía hacerlo. No solo por su empresa, sino también por el albergue para mujeres en el que ayudaba como voluntaria y en el que esperaba dejar algo más que su consejo profesional. Si su empresa, Cita con el Destino, tenía tanto éxito como ella esperaba, a final de año, cuando venciera el alquiler del edificio en el que se encontraba el albergue, podrían mudarse a un sitio más grande y mejor.

Era imposible conseguir por medios normales y éticos que aquellos jugadores la ayudaran. Lo había intentado y no le habían hecho ni caso.

Además, lo que iba a hacer también tenía una repercusión personal importante, pues iba a afianzar su autoestima. Si era capaz de hacerlo, si era capaz de conseguir que todo el equipo ruso de hockey sobre hielo la ayudara gracias a sus encantos, podría cerrar por fin aquel asunto del pasado. Ya estaba harta de seguir siendo aquella chica humillada que había huido de Houston hacía dos años.

Había visto a un par de miembros del equipo que no hablaban con nadie. Se estaban tomando una copa de vino. Era evidente que no hablaban inglés, así que no le servían. Lo que Rose estaba buscando era un par de hombres seguros de sí mismos, algo arrogantes incluso. Sí, ese era el perfil de hombres que necesitaba para vender su idea.

Era absurdo, pero así era la naturaleza humana. Una siempre quiere lo que no puede tener. Un hombre que tiene el mundo a sus pies, que puede tener a cualquier mujer que quiera y que puede dejarla en cualquier momento no es un hombre con el que mantener una relación seria y duradera. Desde luego, no era el tipo de hombre que Rose quería para ella, pero era perfecto para sus fines publicitarios.

Rose se dio cuenta de que acababa de describir a Yuri Kuragin, pero no pensaba acercarse a él. Se consideraba una mujer segura de sí misma, pero también muy realista.

Su plan consistía en conseguir que un par de aquellos jugadores concertara una cita con dos chicas, mandar a un cámara con ellos y pedirle un favor a un productor de televisión local que era amigo de una amiga y que le había asegurado que, si conseguía captar aquellas imágenes, se las emitiría.

Ahora, lo único que le quedaba hacer era encontrar a esos dos especímenes fotogénicos y echar el anzuelo para ver si lo mordían. La competencia no era poca, pues había muchas mujeres guapas, pero Rose sabía que atraer la atención de un hombre requiere más confianza que belleza.

Se colocó frente a un jugador moreno al que había visto antes, el que estaba sonriéndole a los periodistas.

–¡Oh, Dios mío, no se mueva! –exclamó poniendo cara de pánico, mirándolo a los ojos y cayendo de rodillas al suelo–. ¡Se me ha caído una lentilla! –sollozó.

El deportista se apresuró arrodillarse también y a mirar por el suelo, pero en lo que más se fijó fue en el escote de la morena que tenía delante. Al cabo de unos minutos de buscar y no encontrar nada, ambos se pusieron de pie de nuevo.

–Rose.

–Sasha.

Rose sabía que había un par de mujeres mirándolos disimuladamente. Eso le hizo estar segura de que había elegido bien. Le dio las gracias mirándolo a los ojos porque sabía que a los hombres les gustaban las mujeres seguras, comentó algo de lo borroso que veía y le preguntó si le estaba gustando Toronto.

No tardó más que unos minutos en tener sus rasgos generales: entusiasta, algo simplón y menos seguro con las mujeres de lo que daba a entender su físico, pero tenía cara de ángel. A Rose no le costó demasiado escribirle su número de teléfono móvil en la palma de la mano. No le pareció lo suficientemente listo como para decírselo de viva voz. Lo más seguro era que no se acordara.

Si le hubiera dado una tarjeta de visita, tal vez, habría sido demasiado serio y, seguramente, la hubiera tirado a la basura. Todo formaba parte de su plan. Seguro que se acordaban de la chica que les escribía su teléfono con bolígrafo en la palma de la mano.

Nadie confiaba en que una jovencita pudiera montar su primera empresa basándose en algo tan pobre como concertar citas, pero Rose sabía que su juventud era una ventaja. Aquellos hombres no la veían como una amenaza, sino como una chica graciosa que no les podía hacer ningún daño. Llevaba haciendo aquello desde los ocho años y se consideraba toda una experta. Esa era su arma secreta.

No en vano había conseguido encontrarle esposa a su padre y a dos de sus cuatro hermanos. Además, varias de sus amigas se habían casado con hombres que Rose les había presentado.

Ahora que la cita era para ella estaba algo nerviosa, pero se obligó a sonreír a pesar de que le molestaban los tacones y de que el traje de lana le estaba dando bastante calor. Cada vez que se acercaba una cara nueva, sentía que el corazón comenzaba a latirle aceleradamente.

Aquel día todo era para Cita con el Destino, pero en los días previos, mientras confeccionaba su plan, algo había ido tomando forma paralelamente. Y ahora estaba muy presente. Para ser sincera consigo misma, lo que estaba haciendo era mucho más que montar una empresa. El plan que había elegido era muy temerario. Precisamente por eso, era lo que tenía que hacer. Se había pasado cuatro años siendo prudente, bajo la atenta mirada de la ambiciosa familia de su prometido, y ¿adónde le había llevado aquello? ¿De qué le servían sus dotes de celestina si seguía estando soltera con veintiséis años?

No, la próxima iba a ser ella, por la empresa y, sobre todo, por sí misma y no iba a dejar que las dudas la desviaran de su camino.

De momento, iba bien. A ver si, con un poco de suerte, alguno de los chicos a los que les había entregado su teléfono la llamaba aquel mismo día. Entonces, podría poner en marcha su plan.

Yuri estaba observando a la morena de ojos azules. Cada vez que la miraba, la veía con un jugador diferente. ¿Qué demonios se proponía?

Se estaba despidiendo del director de uno de los patrocinadores del equipo cuando oyó un leve: «Eh...». Aun a sabiendas de que no debería hacerlo, se giró y le hizo un gesto a su agente de seguridad, que estaba impidiendo el paso de la morena.

La chica le dedicó una gran sonrisa y Yuri se fijó en que, cuando sonreía, se le dibujaban dos hoyuelos a ambos lados de la boca. No se lo esperaba. Lo que sí se había esperado era que se aproximara a él.

Ahora la veía por primera vez de pies a cabeza. Llevaba una chaqueta de lana azul y negra y una falda a juego que le llegaba por la rodilla. Unas medias negras cubrían sus piernas largas y bien formadas, rematadas por zapatos azules. Yuri sabía que aquella combinación era propia de la moda retro que se llevaba.

Tenía el pelo negro y lo llevaba severamente recogido, apartado de la cara, lo que hacía que toda la atención se fuera a sus ojos, enormes, a su boca lujuriosa, a su nariz levemente respingona y a sus mejillas redondas, al igual que el mentón, anunciadoras de las curvas que había un poco más abajo.

Desde luego, aquella mujer tenía buenas curvas, era toda una mujer.

—No ha contestado mi pregunta —le dijo alegremente.

Yuri se sintió morir.

—Seguramente, no estoy tan soltero como tú querrías, *detka* —contestó.

La morena se acercó a él.

—Supongo que no quieres hablar ahora —le dijo.

De cerca, no parecía tan segura de sí misma como al principio. Yuri la miró y vio que apartaba la mirada tímidamente, pero su experiencia con las mujeres le indicó que era un gesto calculado. La morena volvió a mirarlo y, con un brillo de determinación en los ojos, se sacó un bolígrafo dorado del bolso.

—¿Te puedo dar mi teléfono móvil?

Yuri chasqueó la lengua y se dio la vuelta, a pesar de que no le apetecía. Desde luego, era guapa e insistente.

Para su sorpresa, sintió su mano sobre el brazo. Si

se hubiera tratado de un hombre, sus guardaespaldas le hubieran saltado encima. Sin embargo, con las mujeres, que lo asediaban constantemente, se comportaban de forma diferente. Cuando aquello sucedía, Yuri se mostraba muy educado, pero distante, pues le gustaba ser él el depredador.

−Por favor −le dijo la morena como si no se estuviera dirigiendo al hombre con el que todo el mundo quería hablar aquel día, sino a un simple transeúnte que se hubiera encontrado en la calle.

Acto seguido, lo tomó de la mano y Yuri la dejó hacer, pues sentía curiosidad.

−Prométame que no se lo va a lavar −le dijo mientras le apuntaba varios números en la palma de la mano.

Yuri la dejó hacer.

−Me llamo Rose Harkness −se presentó con dulzura y repentina sinceridad−. Tengo una propuesta de negocios que hacerle. Llámeme.

¿Propuesta de negocios? ¿Ahora lo llamaban así?

Yuri ni se molestó en mirar el número, pero sí se fijó en el trasero que se alejaba. Un año atrás, posiblemente, hubiera aceptado su oferta e incluso ahora se sentía tentado de aceptarla, pues aquella mujer lo tenía todo: era guapa, tenía un buen cuerpo y estaba soltera. Pero ya no tenía aventuras de una noche y no iba a permitir que aquella morena hiciera estragos entre sus chicos, así que se encogió de hombros, le guiñó el ojo y se alejó.

Una vez en el ascensor, habló con el entrenador y el jefe de seguridad.

−Que echen a esa mujer del hotel. Trama algo.

«Todo ha ido bien», pensó Rose.

Había conseguido hablar a pesar de que las cuerdas vocales le habían fallado cuando Yuri Kuragin la había mirado. Aquel hombre salía con supermodelos y actrices, mujeres que no se tenían que preocupar de sus pesos. Se había sentido tan desbordada que ni siquiera sabía cómo había reaccionado. Aun así, había conseguido darle su teléfono y no daba la impresión de que a él le hubiera parecido mal.

Los jugadores habían sido fáciles. Un par de ellos se habían mostrado algo sorprendidos, pero, en general, habían sido receptivos. Parecían buenos chicos.

Yuri Kuragin era diferente. Se había acercado a él muy segura, pero había bastado con que la mirara una sola vez para que la seguridad la abandonara. Kuragin no iba a prestarse a participar en Cita con el Destino. Rose lo sabía y, aun así, se había acercado a él. Lo había hecho porque era una mujer de sangre caliente y no había podido resistirse.

Se había dejado llevar y, tal vez, no hubiera sido una decisión muy inteligente. Había estado muy cerca de estropearlo todo y sabía perfectamente por qué: las malditas hormonas.

Claro que, por otro lado, comportarse de manera temeraria tenía un atractivo fuera de lo común. Se había acercado a los jugadores por motivos profesionales, pero se había acercado al gran jefe porque podía, porque la nueva Rose era atrevida y valiente.

Cómodamente sentada en el bar del hotel, colocó el teléfono móvil sobre la mesa, donde lo tuviera bien a la vista. Por si algún jugador la llamaba cuando todavía estuviera en el hotel. Ojalá. Entonces, podrían mantener la conversación en terreno neutral. Pidió un refresco y se entretuvo haciendo anotaciones sobre cómo le iba a vender Cita con el Destino al primero que la llamara.

Al cabo de unos minutos, se encontró haciendo dibujitos con el bolígrafo y recordando la sonrisa de Yuri Kuragin. Le había sonreído como si fuera la única mujer en la habitación. Medía por lo menos un metro noventa, pues apenas le llegaba a la barbilla y eso que ella llevaba tacones. Cuando lo había agarrado del brazo, se había dado cuenta de lo fuerte que era. Sus brazos debían de ser el doble que los suyos. Por no hablar de la palma de la mano, grande y curtida. Los callos no encajaban muy bien con la imagen que ella tenía de él, de millonario ligón que salía con modelos, normalmente del tipo rubia escandinava. Aquel cuerpo musculoso no lo debía de tener de estar sentado detrás de una mesa ni de estar tumbado todo el día en la cubierta de un yate y tampoco parecía que lo hubiera adquirido en el gimnasio. Parecía de esos hombres que ejercitan su cuerpo en su vida cotidiana.

Rose se acodó sobre la mesa y apoyó la barbilla sobre las manos. Tenía todo el tiempo del mundo por delante para recordar aquel cuerpo...

—Perdone, señorita.

Rose elevó la mirada y se encontró con dos hombres ataviados con el uniforme del hotel. Al escuchar que le pedían que abandonara el recinto, no pudo dedicarles una de sus famosas sonrisas.

—¿Cómo dicen?

—La han visto acosando a varios de nuestros huéspedes internacionales. El señor Kuragin ha pedido personalmente que la echemos.

Rose parpadeó.

—¿Cómo? ¿Por qué?

Mientras uno de los hombres carraspeaba, Rose tuvo la sensación de que lo que iba a oír no le iba a gustar.

—No está permitido llevar a cabo actividades delictivas en el hotel, señora.

Rose lo miró con la boca abierta.

—¿Se creen que soy una prostituta?

Después de aquello, no hubo mucho más que decir.

Un agente de seguridad se acercó y la acompañó de manera poco delicada a la salida.

Había comenzado a anochecer. Mientras caminaba hacia donde había dejado el coche, cuatro manzanas más allá, Rose intentó no tomarse personalmente lo que había sucedido. Se dijo que todo aquello era una cuestión profesional.

«¿De verdad?», se preguntó a sí misma.

No, sabía que aquello no era del todo cierto. Sabía que la línea entre ser atrevida y comportarse con demasiado abandono era muy fina y, por lo visto, se había pasado de la raya.

Mientras aceleraba el paso, se dijo que, por lo visto, se había excedido. A veces, cuando una hace algo por primera vez, puede cometer fallos. ¡Desde luego, no entraba en sus planes que la echaran del hotel por prostitución!

Por otra parte, no se arrepentía en absoluto de haberse dejado llevar y de haber actuado por una vez en su vida guiada por su instinto. Claro que no. Ser demasiado prudente no la había llevado a nada.

Además, para trabajar en el sector de los servicios habría que aguantar ciertas cosas. Lo malo era que, cuando Yuri Kuragin le había sonreído, una esperanza se había iluminado en su interior, pues había tenido la sensación de que le había gustado. Por lo visto, se había equivocado por completo.

¡Bueno, no era lo peor que le había sucedido en la vida, pero sí era cierto que era algo desconcertante que el primer hombre en el que se fijaba desde hacía tiempo, el primer hombre que hacía que se le acelerara el pulso y que le subiera la temperatura corporal, la hubiera confundido con una empleada de otro tipo de servicios y hubiera informado a la dirección del hotel de que era una prostituta!

Capítulo 3

HOLA, Rose, ¿no sales esta noche?

Su vecina de George Street la saludó en la puerta. Era tarde, había oscurecido y hacía frío, pero Rita Padalecki, una señora mayor que tenía un perrito también de cierta edad, tenía que salir para pasearlo.

—No, señora Padalecki, esta noche no tengo ninguna cita.

—No pierdas las esperanzas, Rose.

Rose sonrió y abrió la puerta de su casa mientras se preguntaba qué opinaría su vecina si supiera que la acababan de echar de un hotel por prostitución. Tenía muy claro lo que le dirían su padre y sus hermanos. «Recoge tus cosas y vente para casa inmediatamente».

Afortunadamente, su familia, al igual que su querida vecina, no necesitaba saberlo todo. No, claro que no. Rose tenía sus secretos.

Se dirigió escaleras arriba, se quitó los zapatos de tacón, se dejó caer sobre la cama y encendió el ordenador. Quería escribir una nueva entrada en su blog antes de irse a dormir.

He conocido a los Lobos, el equipo de hockey sobre hielo. Chicas, están todos solteros. He aprendido algunas cosas curiosas sobre Rusia, sobre los discos de hockey y sobre cómo se bebe el vodka. Por desgracia, Grigori e Ivan Sazanov no estaban. Si alguna ve a dos rusos muy guapos con pinta de andar perdidos, me los mandáis. Chicas, a ponerse al día con el hockey sobre hielo.

Rose sonrió ante las tonterías que había escrito y subió la fotografía de Sasha Rykov. Le había dicho que la quería utilizar en su blog y él se había limitado a encogerse de hombros y a sonreír. Claro que Yuri Kuragin también se había limitado a encogerse de hombros y a sonreír y mira lo que había hecho luego.

«Bueno, ya está bien. Lo que tengo que hacer es olvidarme de él. El resto del día ha ido muy bien. Soy una mujer valiente».

Tras apagar el ordenador y darse un buen baño de espuma, Rose pidió una pizza. Mientras esperaba a que se la llevaran, se sirvió una copa de vino blanco, agarró un libro y se dirigió al sofá del salón.

Tenía el teléfono a la vista. Todavía no había llamado nadie, pero no había que perder la esperanza.

Yuri hojeó lo que le acababa de dar su consejero de seguridad.

—¿Qué demonios es esto?

—Un blog que se llama Rose Red. Es de la chica que nos pediste que investigáramos, Rose Harkness. Esto es lo que hemos encontrado. Lo ha escrito hace media hora.

—¿Rose Red? ¿Es su nombre artístico?

—Tiene una página web, una agencia matrimonial.

Yuri lo miró con los ojos como platos. ¿Así lo llamaban ahora?

—¿Sabemos dónde vive?

—Sí. ¿Cómo quieres que nos hagamos cargo de ella?

Discretamente. Por alguna razón, Yuri recordó la manera en la que Rose había desviado la mirada cuando estaba hablando con él, como si le faltara valor. Aquel pensamiento interfirió con su primera idea, que había sido llamar a su abogado para que la llamara en tono amenazador.

—Me voy a hacer cargo yo personalmente. Pásame su dirección por correo electrónico. Supongo que vivirá en el centro de Toronto, ¿no?

—Sí, en el barrio antiguo, una zona muy bonita.

Aquello no extrañó a Yuri, pues la morena de ojos azules le había parecido elegante. No había tenido aquella sensación por cómo iba vestida, sino por cómo se comportaba. Se había infiltrado en la habitación de manera dulce y seductora, pero sin llamar la atención. Evidentemente, era una mujer con las cosas claras que tenía una misión y no quería que nadie se fijara en ella.

Yuri volvió a leer el blog. Era completamente inocente, pero llamaba la atención sobre lo que precisamente Yuri no quería que nadie se fijara: la ausencia de los hermanos Sazanov. Además, Anatole le había dicho que la morena de ojos azules había hablado con casi todos los integrantes del equipo y les había dado su número de teléfono.

Debería permitir que fueran los chicos de seguridad los que se hicieran cargo del asunto. En realidad, no había ninguna razón para que él se involucrara... a no ser la hilera de dígitos que todavía se leía en la palma de su mano izquierda, la invitación que había visto en sus ojos azules y el deseo irracional que aquella mujer había despertado en él.

Iba ya conduciendo su Ferrari hacia el centro de la ciudad cuando se dio cuenta de que los labios carnosos y los ojos azules de la desconocida habían tenido mucho que ver en su decisión. Guiándose por el GPS llegó a una calle tranquila llena de árboles y de casas clásicas. Desde luego, aquello no era lo que se esperaba, una casa residencial en un barrio bueno.

Una señora mayor lo miró cuando lo vio abrir la reja del jardín del número diecisiete.

–Está en casa –le dijo muy alegre–. ¿Usted quién es?

Yuri se paró y frunció el ceño.

–Yuri Kuragin –contestó.

–Extranjero –recapacitó la mujer–. Es la primera vez que recibe a un extranjero. ¿Cuándo se han conocido?

–Esta tarde –contestó Yuri algo molesto–. Hace frío, señora. ¿No debería estar en casa?

–Sí, pero Wiggles necesita hacer sus necesidades antes de irse a dormir. Así que se han conocido esta tarde dice usted, ¿eh? Bueno, pues sí que se ha dado usted prisa. Espero que la trate bien porque es una chica encantadora, nuestra Rose. No me gusta el negocio al que se dedica porque, para mi gusto, no es bueno para una mujer ya que la vuelve desconfiada. Uy, no le he preguntado si es usted una cita o un cliente. Esto es un peligro porque como dirige la agencia desde casa.

A Yuri no le dio tiempo de contestar, pues el perrillo de la señora eligió aquel preciso instante para atravesar a la carrera el jardín y meterse en casa. Su dueña lanzó una exclamación de sorpresa y desapareció tras él.

Yuri agarró la aldaba en forma de cabeza de león y llamó con fuerza.

La luz de dentro se encendió y se abrió la puerta y Yuri olvidó por un momento el motivo que lo había llevado hasta allí, a aquel edificio de un barrio residencial de Toronto, en busca de una chica que podía ser una mujer de la noche y que lo había obligado a tener que hablar con su vecina y con un perro llamado Wiggles.

Rose lo estaba mirando desde el umbral, ataviada con una bata de seda rosa y ropa interior de encaje negro. A lo lejos, se oía el *Bolero* de Ravel. El pasillo de entrada, que estaba en penumbra, confería a la casa un aire de templo de los sentidos, pero allí terminaba cualquier parecido con un burdel.

Llevaba una toalla blanca enroscada alrededor de la cabeza y nada de maquillaje en el rostro. Tenía en la mano un billete de veinte dólares.

–No es la pizza –comentó retirándolo.

–*Nyet* –contestó Yuri imaginándose a los repartidores de pizza peleándose por llevarle la suya a Rose–. ¿Puedo pasar?

Rose se quedó mirándolo. Parecía tan sorprendida como él, pero, sin duda, por diferentes motivos.

Yuri se esperaba algo así. Bueno, en realidad no se había esperado algo así en absoluto. La verdad era que no sabía qué demonios se había esperado. Lo único que sabía era que lo mejor que podía hacer era irse de allí ahora mismo y olvidarse de aquella mujer.

En aquel preciso instante, a Rose se le deslizó la toalla y, aunque intentó mantenerla en su sitio, asomó su pelo húmedo, lo que hizo que Yuri se fijara en sus pezones, que se marcaban por debajo de la tela, y en su lengua, que se paseó por el labio inferior. Tuvo la sensación de que todo ocurría a la vez y, desde luego, lo impulsó a querer entrar.

–No sé si es buena idea –contestó Rose.

–Probablemente, sea una idea muy mala –contestó Yuri fijándose en el contorno de sus senos.

No llevaba sujetador. Yuri sintió que se le secaba la boca y que el deseo se apoderaba de él.

–¿Está usted sola?

–Sí. No.

Lo estaba mirando fijamente y tardó unos segundos en que se le encendieran las luces de alarma.

¿Qué demonios hacía allí aquel hombre?

–He venido a hablar con usted –dijo Yuri como si le hubiera leído el pensamiento.

La mujer parecía tan estupefacta que aquello la devolvió a la realidad.

–Señorita Harkness –dijo con exagerada formalidad–, ha estropeado usted la conferencia de prensa de hoy. Podemos hablar de ello en la puerta o hacerlo, como personas civilizadas, dentro y sentados.

–Sí, claro, claro –contestó Rose reaccionando rápidamente–. Por supuesto. Pase señor Kuragin.

A Yuri tampoco le hizo gracia aquel cambio tan súbito, de alarma a hospitalidad. Mientras proseguía por el pasillo, no pudo evitar fijarse en el vaivén de sus caderas. También se fijó en el trasero, algo rellenito para los que se llevaban en aquel momento, pero había perdido todo interés en los parámetros contemporáneos de los cuerpos femeninos en cuanto aquella mujer en concreto le había abierto la puerta. Aquella rosa de Texas poseía un cuerpo curioso propio de las odaliscas de los cuadros del siglo XIX. Tenía unos cuantos en su casa de Moscú.

La siguió hasta un saloncito. Allí era donde estaba la música. Yuri se fijó en los muebles, prácticos pero bonitos. También se fijó en el sofá en el que, obviamente, estaba sentada antes de abrir la puerta y en la manta de cachemir rojo, en la copa de vino blanco a medio beber, en el libro y en las gafas de leer. Desde luego, no eran aquellos objetos habituales en una mujer acostumbrada a recibir hombres.

–Por favor, tome asiento –le indicó con una formalidad que no se correspondía en absoluto con su apariencia medio desnuda.

Yuri se fijó en que Rose se había sonrojado y en que apretaba con fuerza el nudo que mantenía la bata cerrada sobre sus estupendos pechos.

–Si me perdona un momento...

–No la perdono. Siéntese ahora mismo –le ordenó–.

Ahora mismo –insistió al ver que Rose daba un respingo.

Yuri no comprendía por qué le estaba hablando en aquel tono, pero la forma de actuar de aquella mujer lo estaba sacando de quicio. ¿Quién demonios se creía que era para presentarse en su hotel, ligar con todos sus chicos y obligarlo a ir hasta allí? ¿Por qué le dejaba entrever su cuerpo y ahora fingía modestia?

Rose lo miró con los ojos muy abiertos.

–Me quiero cambiar de ropa, señor Kuragin. Y, además, usted es un invitado en esta casa...

–*Nyet*, yo no soy uno de sus invitados, Rose. Por cierto, su vecina ya me ha informado de todo.

–¿La señora Padalecki? ¿Ha hablado con ella? –quiso saber Rose algo más tranquila.

–Sí, ya le he dicho que me ha informado de todo. ¿Así que dirige su agencia desde casa?

–Sí –contestó Rose.

–¿Hay una zona concreta para este tipo de negocios en la ciudad?

–¿Cómo?

Yuri la miró con curiosidad mientras Rose agarraba la manta y se cubría con ella. A Yuri le entraron ganas de asegurarle de que no era necesario, pues no quería probar la mercancía, pero no lo dijo porque la mentiría. Claro que quería probarla, tal y como ponía de manifiesto su erección, pero no se iba a dejar llevar.

–No conozco las leyes canadienses –le explicó–, pero eso se puede arreglar fácilmente. Puedo ser tu peor pesadilla, Rose –le aseguró tuteándola.

La mujer palideció.

–Si no se va ahora mismo de mi casa, llamo a la policía. Bueno, la señora Padalecki llamará a la policía.

–Tu vecina creía que yo era uno de tus clientes... o una cita. Por lo visto, de tu casa salen y entran hombres continuamente –contestó Yuri fijándose en el título del libro que Rose estaba leyendo.

Madame Bovary.

Aquello le hizo fruncir el ceño.

–¡Fuera! –gritó Rose, y Yuri se dio cuenta de que estaba temblando.

–Siéntate, Rose. He venido a hablar de tu irrupción en el mundo del hockey sobre hielo. Puedes hablar del tema conmigo o con mi departamento legal.

–¿Su departamento... departamento legal? –se sorprendió Rose sentándose inmediatamente–. ¿Ha venido a hablar de lo que ha sucedido hoy?

–*Da* –contestó Yuri dándose cuenta de que a Rose le volvía el color al rostro.

–Ah –suspiró visiblemente aliviada.

Yuri miró a su alrededor. No se encontraba en un lupanar, sino en una casa, en un hogar. En el hogar de una mujer, más concretamente. Había fotografías enmarcadas, lámparas y una chica muy guapa envuelta en una manta de cachemir rojo mirándolo como si hubiera invadido su casa.

Yuri tuvo que admitirse a sí mismo que había reaccionado de manera exagerada. En aquel momento, Rose se volvió a mojar el labio inferior con la lengua y Yuri comprendió por qué había reaccionado de manera exagerada. La energía sexual no solo se estaba moviendo a la velocidad de la luz dentro de su cuerpo, sino también entre ellos dos y, desde luego, la pieza que estaba sonando no ayudaba en absoluto.

–¿Puedes apagar la música? –le pidió.

Rose parpadeó, agarró el mando a distancia y apagó el reproductor. El silencio fue casi peor.

–¿No se sienta? –le volvió a preguntar.

«Sí, claro. Me voy a sentar, voy a ser breve y me voy a ir», pensó Yuri.

Mientras Yuri dejaba caer su peso sobre una butaca, Rose aprovechó para meterse el pelo que se le había salido de la toalla, lo que hizo que él se fijara en la piel de su cuello, que se le antojó cremosa como la nata.

—Si ha venido a hablar de lo que pasó con los guardias de seguridad, quiero que sepa, señor Kuragin, que podría denunciarlo por difamación.

—¿Cómo?

—¡Le dijo al equipo de seguridad del hotel que era una prostituta!

—Eso dice usted, Rose. Yo lo que le he dicho a mi jefe de seguridad es que usted tramaba algo —contestó Yuri encogiéndose de hombros.

Era cierto, tramaba algo, pero de momento lo único en lo que podía pensar era en que Yuri Kuragin, el Yuri Kuragin de los periódicos, estaba en su casa y parecía interesado. Pero ¿interesado en qué? ¡En qué iba a ser! Se había acercado a él y le había dado su número de teléfono, al igual que había hecho con los demás.

Cierto, pero jamás hubiera esperado que fuera a llamarla. Por no hablar de la remotísima posibilidad de que se presentara en su casa. Sin embargo, ahí lo tenía, hablando de abogados y de acciones legales... y mirándola a la boca de nuevo. ¿Tendría migas en los labios? Rose recordó las galletas que se había dejado en la cocina.

Entonces, se dio cuenta de que, si era capaz de estar pensando en comida, su nivel de pánico había bajado considerablemente. ¿Qué la habría llevado a pensar que aquel hombre tenía malas intenciones?

Probablemente, la forma en la que había entrado en su casa, que no la había dejado cambiarse de ropa y cómo la estaba mirando. Claro que por eso no debería preocuparse ya que Yuri Kuragin siempre salía con rubias de aspecto escandinavo, piernas larguísimas y pechos operados. Sus curvas, sin embargo, estaban en el lugar que le correspondían según la naturaleza. Evidentemente, Yuri la estaba mirando por cómo iba vestida.

Como durante el día Rose tenía que vestirse de manera conservadora, cuando llegaba a casa le gustaba darse el capricho de ponerse lencería. Lo cierto era que su vanidad femenina se sentía halagada por cómo la estaba mirando, pero Rose se obligó a apartar aquel pensamiento de su mente.

Acto seguido, se llevó la mano a la boca para, disimuladamente, limpiarse los posibles restos de migas. Vio que Yuri la miraba todavía más intensamente y tuvo que tragar saliva.

—Por su culpa, me han escoltado para que saliera del hotel, lo que ha sido realmente humillante —protestó aun a sabiendas de que a aquel hombre le importaban muy poco sus sentimientos.

—Estoy seguro de que ya se habrá recuperado.

—Pues no sé por qué está usted tan seguro porque no me conoce de nada. ¿Y si resultara que soy una mujer muy sensible?

Yuri la miró cautivado.

—Claro que puedes serlo —comentó mientras Rose se sonrojada de pies a cabeza—, pero no puedes negar que esta tarde has ido detrás de mis chicos a ver si podías pescar a alguno.

—¿Qué dice que he estado haciendo? —se indignó Rose.

—Pescar —insistió Yuri—. Ya sabes, echando las redes para ver qué cae dentro.

—Sé perfectamente lo que significa pescar y, en algunos casos, puede tener connotaciones insultantes.

—Exacto.

Rose sintió que su seguridad se tambaleaba y decidió ponerse a la defensiva.

–¿Su madre le enseñó a hablar así a las señoritas? –le espetó.

Yuri pensó en su madre, demasiado ocupada en trabajar la tierra y en emborracharse como para preocuparse de cómo les hablara su hijo a las chicas, pero no dijo nada. Era la primera vez en su vida que una chica le echaba en cara sus malos modales. Normalmente, se prodigaban en halagos hacia él. Aquella mujer lo único que había hecho había sido defenderse desde que se había presentado en su casa. De hecho, parecía bastante herida y Yuri tuvo la sensación de que se estaba sobrepasando.

Pero se recordó que aquella misma chica se había pasado toda la tarde prodigándose en sonrisas con sus chicos y se dijo que seguro que tenía la piel tan dura como un rinoceronte... aunque fuera delicada en el exterior, pero no pensaba entrar ahí y no tenía ninguna intención de permitir que sus chicos lo hicieran.

La sola idea de que alguno de los jugadores tuviera algo que ver con ella hizo que algo se le removiera por dentro, pero prefirió no pararse a pensar en ello demasiado.

Seguro que no era la primera vez que la echaban de un hotel.

–¿No eres un poco mayorcita para emplear esas tácticas de seguidora fanática?

–¿Mayorcita? –se indignó Rose–. Tengo veintiséis años –le aclaró arrepintiéndose al instante de darle datos personales.

–Por eso mismo, eres mayor que la mitad del equipo.

–La edad da igual –protestó Rose.

–Eso decís algunas.

Rose se quedó mirándolo con la boca abierta y, de no haber sido porque se sentía bastante intimidada, lo habría abofeteado. ¿Quién se creía aquel hombre que era insinuando que quería acostarse con sus jugadores?

–No me quiero acostar con ellos –explicó–. ¡Lo único que quiero es salir con ellos! –exclamó mordiéndose la lengua al instante–. Quiero decir, quiero decir...

–A ver si aclaramos las cosas –dijo Yuri–. ¿Has ido esta tarde a nuestro hotel con la idea de concertar una cita con todo el equipo de hockey?

–Sí –contestó Rose–. Quiero salir con doce deportistas de élite, es un sueño que tengo de toda la vida –añadió en tono irónico.

A Yuri se le dibujó algo parecido a una sonrisa y Rose se dijo que la situación no era tan mala, que todavía se podía divertir, que podía con aquel tipo que estaba intentando intimidarla y que lo estaba consiguiendo, para qué mentir, pero al que no le iba a permitir que siguiera haciéndolo.

Tiempo atrás había permitido que un hombre manipulara su vida, pero aquello se había terminado. Ahora, su vida era suya, ella llevaba las riendas y, tal vez, tampoco estuviera tan mal que la vieran como a una *femme fatale*, capaz de hacer que los jóvenes perdieran la cabeza por ella. Por lo visto, así lo creía posible Yuri Kuragin.

Rose sacudió la cabeza y se dijo que lo que estaba pensando era una tontería y todo por una medio sonrisa de aquel hombre.

–Tengo una agencia matrimonial –le explicó enfadada–. Lo que quería era concertar citas para ellos.

Yuri Kuragin se quedó mirándola fijamente y Rose sintió que se sonrojada de nuevo.

–¿Por qué me mira así? –le preguntó.

–Mis chicos no necesitan que nadie les ayude con eso.

Rose puso los ojos en blanco.

–Ya lo sé, pero yo busco publicidad...

–No me cabe la menor duda –comentó Yuri con frialdad.

–¡No lo decía por lo que usted cree! –se defendió Rose–. ¡No le consiento que se presente en mi casa e insinúe cosas terribles sobre mí porque no me conoce absolutamente de nada! Nadie lo ha invitado a venir, se ha presentado aquí porque le ha dado la gana, ni siquiera me ha dejado cambiarme de ropa... –se indignó con voz trémula–. Me gustaría terminar de cenar y acostarme... –concluyó.

Yuri volvió a mirarle la boca y Rose tuvo la sensación de que le gustaría acostarse con ella, pero se dijo que era una locura.

–Mire, yo no conozco la cultura rusa, pero aquí, en Canadá, los hombres no se presentan en casa de mujeres a las que no conocen.

–Por lo visto, estabas dispuesta a ampliar tu cultura con mis chicos.

–Voy a hacer oídos sordos a las implicaciones sexuales de sus comentarios –contestó Rose–. En cualquier caso, sus jugadores no son chicos, sino hombres hechos y derechos que pueden tomar sus propias decisiones.

–No mientras tengan un contrato conmigo.

Así que era eso. Adiós a sus sueños. Rose tomó aire y tragó saliva. Bueno, por lo menos lo había intentado. En la vida, había que arriesgar y, a veces, se cometían errores, estaba dispuesta a asumirlos porque eran suyos, derivados de sus propias decisiones, de no permitir que otras personas decidieran por ella.

Rose se tenía por una mujer de naturaleza apasionada, algo que había heredado de su madre, y estaba decidida a fiarse de aquella pasión y de su intuición a partir de ahora aunque se metiera en problemas.

Pensó en Bill Hilliger, su prometido de Houston, en los cuatro años que había pasado con él sin poder tomar una sola decisión. Ahora las tomaba todas ellas y esperaba que su madre estuviera orgullosa, pues ya no necesitaba la protección de su padre y de sus hermanos. Tenía la necesidad de construir su propia vida y se había ido hasta Canadá para conseguirlo.

Si, para hacerlo, se las tenía que ver con todos los Yuri Kuragin del planeta, lo haría. Lo cierto era que aquel hombre no le gustaba demasiado. Aquel tipo era un grosero. Y a Rose no le gustaban nada los groseros. Le gustaban los hombres de verdad, los hombres trabajadores que se quitaban el sombrero ante una mujer, como hacían su padre y sus hermanos. Ese tipo de hombres a los que jamás les ocurriría presentarse en casa de una mujer que vive sola sin que los hubieran invitado.

Aquel hombre, por muchos millones que tuviera, no tenía ni idea de cómo tratar a una chica. Claro que él no la veía como una chica, sino como a una cazafortunas que quería robarle a sus chicos.

De repente, la situación dejó de parecerle divertida.

No quería que nadie la tratara como lo estaba haciendo aquel hombre.

En aquel momento, llamaron al timbre.

–No te muevas –le dijo Yuri poniéndose en pie.

¿Cómo qué no? ¿Acaso no le iba a permitir abrir la puerta de su propia casa? Claro que, por otra parte, eso le daba tiempo para subir corriendo a su habitación a cambiarse de ropa. Eso fue lo que hizo mientras Yuri se encargaba de la pizza. Rose abrió apresuradamente el armario en busca de algo bonito. No quiso preguntarse por qué no se ponía unos pantalones de deporte y una camiseta cualquiera. Suponía que ninguna mujer en su sano juicio se plantaría ante Yuri Kuragin ataviada de aquella guisa.

Así que eligió un vestido azul y blanco de seda y algodón y se lo puso a toda velocidad. Se trataba de un vestido que le llegaba por el tobillo y que marcaba sus curvas sin resultar demasiado provocativo. Eligió una rebeca amarilla, se pintó los labios y se peinó.

Suficiente, no quería que Yuri creyera que quería algo con él. Lo que quería que creyera era que era una chica normal y corriente, no una chica que va por ahí intentando pescar a deportistas de élite.

Rose tomó aire y bajó las escaleras mientras se decía que cualquier mujer en su sano juicio habría hecho lo mismo que ella si tuviera un invitado en casa: quitarse el camisón y ponerse ropa de calle.

Todo el mundo sabía que a las mujeres les gusta pintarse los labios, así que aquello tampoco quería decir nada. Claro que haberse puesto unas gotas de su perfume preferido... quizás no hubiera sido buena idea.

Yuri estaba en la cocina. Aquello la desconcertó un poco, pues la puerta de la nevera estaba abierta y había un plato sobre la encimera.

–¿No tienes cerveza? –le preguntó Yuri agachándose para inspeccionar el interior del frigorífico.

Rose se dijo que no debía quedarse mirándole el trasero y luego intentó dilucidar por qué no le recriminaba que se estuviera poniendo tan cómodo en su casa cuando no se conocían de nada.

–Tengo vino y refrescos –contestó.

Su cocina era minúscula y dos personas ya eran muchedumbre en ella. Cuando, además, una de esas dos personas era un hombre de más de un metro noventa y hombros anchos, no había lugar para moverse. Rose dio un paso atrás y se pegó todo lo que pudo a los cajones.

–¿Dónde están los vasos? –preguntó Yuri irguiéndose.

Rose se quedó muy quieta mientras él se giraba hacia ella y la miraba como si fuera un oasis en mitad del desierto. Rose esperó a que dijera algo así como «te has cambiado de ropa», algo evidente, pero sospechó que no era eso lo que él estaba pensando. Claro que era imposible que Yuri estuviera pensando lo que Rose creía que estaba pensando porque, ¿por qué se iba a excitar un hombre por verla con un vestido cuando ya la había visto en ropa interior?

Los hombres solían mirarla. De hecho, cuando iba andando por la calle siempre la miraban, le silbaban o le decían algún piropo. Por eso, porque sabía muy bien las desventajas que tenían que la juzgaran por su talla de sujetador, siempre se vestía de manera que pudiera disimularla y no realzarla. Estaba acostumbrada a que su cuerpo gustara a los hombres, pero no estaba preparada para que Yuri Kuragin la mirara como lo estaba haciendo ni para el efecto que aquella mirada estaba teniendo en ella.

—En el armario de arriba, el que está justo al lado de su cabeza —le dijo.

Se quedó mirándola como si no la hubiera entendido.

«Oh, Dios mío, esto es de tontos», pensó Rose.

—Ya lo saco yo —dijo acercándose y alargando el brazo.

Yuri apenas se apartó, se quedó mirándola algo noqueado.

—Así que tienes una agencia matrimonial, ¿eh? —comentó.

—Sí, se llama Cita con el Destino —contestó Rose.

Al ver que él ya no parecía tan seguro de sí mismo, ella aprovechó para salir del estado de conmoción en el que había quedado al verlo aparecer en su casa y eso le permitió empezar a ser ella misma. Incluso se atrevió a mirarlo con curiosidad, lo que resultó un gran error pues estaban demasiado cerca.

Al bajar el brazo con los dos vasos, no pudo evitar rozarle la mano con su pecho derecho. Rose vio que a Yuri se le dilataban las pupilas y que la miraba sorprendido. Al instante, sintió que los pezones se le endurecían y que perdía la cabeza.

Se giró para dejar los vasos sobre la encimera y para poner cierta distancia entre ellos.

–He ido al hotel Dorrington por un posible trabajo, para que lo sepa –comentó con voz trémula porque de repente le importaba lo que aquel hombre pudiera pensar de ella–. Y no hay más. No hay secretos.

–¿Por un posible trabajo? –repitió él.

Rose tuvo la sensación de que podría haber dicho cualquier cosa, de que lo que realmente estaba haciendo era disimular mientras la miraba, mientras estudiaba su pelo, su rostro, la manera en la que el vestido se le pegaba a las piernas. ¿Eran imaginaciones suyas o Yuri había apartado la mirada haciendo un gran esfuerzo y fingía interesarse en la etiqueta de la botella de vino?

Rose tuvo que esforzarse para no gemir. A Yuri todo aquello se le debía de antojar muy cutre. Su casa, el vino, ella misma...

–Es un vino blanco normal y corriente, del supermercado –le explicó.

Al instante, sintió como si hubiera hablado la Rose de antes, la de Houston, la que siempre andaba por ahí pidiendo perdón por no estar nunca a la altura de Bill y de su familia. Aquello fue como si le tiraran un cubo de agua fría por encima, lo que estuvo a punto de acabar con su fantasía.

Maldición. ¡Tenía una fantasía y nada ni nadie se la iba a estropear! Quería disfrutar de Yuri Kuragin mientras estuviera allí porque era evidente que iba a desaparecer de manera tan repentina como había aparecido.

Lo vio sacarse el teléfono móvil del bolsillo y marcar un número.

–¿Qué haces? –le preguntó.

–Arreglar el tema de la cena, pedir algo mejor que pizza y vino barato.

–¿Vas a pedir cena para nosotros dos?

–*Da*, ¿algún problema?

¡Había hecho que la echaran del hotel, había invadido su casa, prácticamente la había obligado a sentarse con él en ropa interior, la había amenazado con emprender acciones legales y ahora quería cenar con ella! ¿Algún problema?

–No, todo bien –murmuró mirándose los pies desnudos, dibujando círculos con las uñas pintadas de rojo.

–Vamos a salir a cenar a un restaurante donde vamos a poder relajarnos y hablar –anunció Yuri.

¡Una cita! ¿Una cita?

Rose se dijo que no debía ponerse a dar saltos de alegría, que tenía que disimular porque aquello se parecía sospechosamente a una cita. Lo cierto era que aquello era mucho más de lo que había esperado cuando se había presentado en la conferencia de prensa aquella tarde.

Yuri rodeó la encimera y le puso la mano en el hombro unos segundos más de lo estrictamente necesario, como si estuviera calibrando su estructura ósea. Acto seguido, la giró hacia la puerta sin preguntarle nada. Para entonces, a Rose ya le había quedado muy claro que Yuri Kuragin no era de los que preguntaban. Parecía acostumbrado a dar órdenes y a tomar lo que quería y no tenía ni idea de por qué aquella certeza le gustaba.

Aquello no tenía nada que ver con un hombre controlándola porque lo que ese hombre estaba haciendo era, precisamente, lo que ella quería que hiciera.

–Así que vamos a salir, ¿eh? –le preguntó.

–*Da*, ¿algún problema?

–Supongo que no.

–Así me podrás contar qué es ese posible trabajo que te traes entre manos –le dijo con su sensual acento ruso.

Rose sonrió encantada.

«Claro que te lo voy a contar y te voy a convencer para que seas mi Cita con el Destino, para que veas claro que es lo mínimo que puedes hacer después de haberte presentado en mi casa de esta manera y de haberme asustado como lo has hecho», pensó Rose.

–Muy bien –respondió.

Al ser extranjero, Yuri Kuragin no comprendió que a una mujer de Texas no se le puede dar la mano porque te toma el brazo.

Sí, definitivamente, aquello era una cita.

Capítulo 4

POR FIN la noche tenía sentido.

La había visto por primera vez hacía cuatro horas y ya la tenía en su coche. La iba a llevar a cenar. Posiblemente, en unas cuantas horas más, la tuviera en su cama.

Todo lo que parecía incierto y extraño había tomado forma. Una mujer guapa que tramaba algo. Había hecho que la investigaran, no parecía peligrosa, así que no era problema. Por lo tanto, ahora podía dar un paso más y disfrutar de lo que aquella mujer ofrecía.

Y ofrecía un montón.

Pero lo estaba mirando como si pudiera desaparecer en cualquier momento. A Yuri le entraron ganas de decirle que no tenía nada que temer, que era todo suyo hasta que la mandara a casa en taxi a la mañana siguiente.

Pero se fijó en las manos de Rose, que descansaban sobre su regazo y en su vestido, de lo más sencillo. Lo único que se había permitido para realzar su apariencia habían sido unos pendientes y una chaqueta un poco más arreglada que había reemplazado a la rebeca que se había puesto en un primer momento. Aquellos pequeños detalles estaban haciendo mella en él.

Yuri era perfectamente consciente de que había cierto tipo de mujeres que siempre revoloteaban alrededor de los deportistas de élite, pero no le interesaban y no se aprovechaba de ellas. No había comprado el club por eso. No sentía ningún respeto por una mujer dispuesta a lanzarse en brazos de un hombre simplemente por ser famoso.

Rose no era de esas mujeres.

Sí, era cierto que andaba detrás de un deportista para darle publicidad a su negocio o afición o lo que fuera aquello, pero no se estaba vendiendo. Cuando la había visto aparecer con su vestido largo, el pelo recogido y los labios pintados, todas sus sospechas se habían evaporado. Rose se había tomado la molestia de vestirse bien y eso solo podía querer decir que estaba avergonzada. La había visto en ropa interior y estaba intentando darle una buena impresión. Evidentemente, no se habría puesto aquel vestido tan romántico si hubiera sabido lo tremendamente sensual que la encontraba él.

Tiempo atrás había soñado con salir con chicas así. Eso había sido cuando vivía en la ciudad minera de los Urales en la que había nacido. Entonces, ninguno de los padres de aquellas chicas hubiera querido que su hija saliera con él.

Aquel recuerdo hizo que Yuri se revolviera incómodo. Rose le sonrió. Definitivamente, era una agradable chica de clase media e iba a salir a cenar con él. Yuri decidió llevarla él personalmente a casa al día siguiente en lugar de mandarla en taxi.

Esperaba que aquella decisión le quitara la tensión que se le había acumulado en los hombros, pero no fue así. No estaba acostumbrado a tener escrúpulos a la hora de ligar con mujeres que pretendían aprovecharse de que se las viera a su lado, así que decidió concentrar sus pensamientos en algo que no tuviera nada que ver con aquella situación.

Por ejemplo, su agenda para el día siguiente.

A las cinco de la mañana tenía una videoconferencia con el sudeste asiático que duraría, por lo menos, hasta las siete. A continuación, un desayuno con los representantes de la Liga Nacional de Hockey canadiense. Luego, tendría que ocuparse de los asuntos legales derivados de la posesión de estupefacientes por parte de los hermanos Sazanov. Un tema muy espinoso. Iba a comer con unos inversores de los Emiratos Árabes que llegaban desde Washington expresamente para ello y luego tenía una reunión informal con el concejal de deportes del ayuntamiento de Toronto. Para finalizar, el último entrenamiento con los Lobos antes del partido del viernes por la tarde.

Pero, de momento, iba a disfrutar de la compañía de aquella mujer, la iba a invitar a cenar, le iba a servir vino y le iba a conceder lo que buscaba: acceso a los jugadores.

«*Da*, muñeca, si juegas bien tus cartas, seré tu príncipe azul», pensó. Mientras, Rose lo miraba con curiosidad de nuevo.

Era la primera vez que Rose se encontraba en un coche deportivo. Desde luego, eran diferentes. Tenía la sensación de que iba muy cerca del asfalto, pero a la vez era como si flotara en el agua porque el vehículo se movía con mucha suavidad. Yuri conducía con naturalidad, como si no le costara, pero era evidente que lo estaba haciendo así para impresionarla. Le podría haber dicho que todo lo que había hecho hasta el momento ya la había impresionado, pues no había olvidado que había tenido a un ruso guapísimo de más de metro noventa en su minúscula cocina.

No le habían gustado sus modos, pero, por una parte, había sido divertido porque hacía tiempo que ningún hombre la había retado. Después de los cuatro años que había pasado en Houston, era especialmente sensible a que un hombre quisiera imponerse a ella, pero no parecía que esa fuera la intención de Yuri. Él se mostraba tan increíblemente seguro de sí mismo que daba la impresión de que estaba seguro de que el mundo se doblegaría a sus deseos y así debía de ser.

Rose se dijo que había llegado el momento de fiarse de su intuición y que, si algo no salía como ella quería, siempre podía dar marcha atrás. Tampoco era como para ponerse a pensar que aquello iba a ir a ningún lado, pues un hombre como él, con tanto dinero, poder y prestigio, no salía con chicas como ella.

Rose se dijo que no debía confundirse. ¡Yuri Kuragin no se iba a quedar a vivir en Toronto y no iba a ser su novio! Además, ella lo único que quería de él era publicidad para su empresa. Tenía que conseguir reunir dinero y aquel hombre la podía ayudar. Podía disfrutar haciéndolo, desde luego que sí, pero no debía olvidar que su gran objetivo era recaudar fondos para su causa.

Veinte minutos después, mientras Yuri le apartaba la silla en el restaurante para que se sentara y la princesa que llevaba dentro hacía una pirueta, Rose se dijo que no debía perder de vista su empresa. El restaurante elegido estaba en el piso setenta y cinco de un famoso edificio. Rose había leído sobre él en una revista hacía poco, pero nunca hubiera esperado cenar en aquel lugar.

—A lo mejor te habría resultado más fácil simplemente invitarme a cenar —comentó sonriente.

—¿Invitarte? —le preguntó Yuri sentándose frente a ella.

—Sí, hubiera sido mucho más sencillo.

—¿Invitarte a cenar? ¿Crees que es eso de lo que se trata?

—¿Qué otra cosa puede ser?

Yuri no contestó inmediatamente.

—Me disculpo por dar cosas por hechas.

–No había reparado en que hubieras dado nada por hecho conmigo –comentó Rose aunque ambos sabían que no había sido así–. ¿Te refieres a mi comentario? Pues siento decepcionarte, pero me interesa tanto el deporte como a ti los pintalabios.

–Creo que ese tema podría llegar a fascinarme –contestó Yuri bajando la voz.

Acto seguido, se echó hacia delante y apoyó los antebrazos en la mesa. Rose tuvo la sensación de que la distancia que los separaba se había reducido inmensamente y, de hecho, se fue haciendo cada vez más pequeña hasta que lo único que la separaba de su boca era, efectivamente, pintalabios.

Rose era consciente de que tenía todo el derecho del mundo a flirtear, pero hacerlo con un hombre como aquel se le quedaba grande y, además, no estaba segura de que flirtear con él la fuera a llevar donde ella quería.

Yuri volvió a echarse hacia atrás y llamó al maître para que hiciera la comanda, pero no dejó de mirarla en ningún momento. A Rose le gustaban las luces tenues del restaurante y las velas que había sobre la mesa entre ellos, jugando con sus sombras. Ojalá aquellas sombras estuvieran disimulando lo mucho que le gustaba aquel hombre.

–Querías que te hablara de mi empresa, ¿no?

–*Da*, sí, me interesa eso de las citas del destino –contestó Yuri.

Rose sonrió.

–Lo que quiero es que uno o dos jugadores se presten para hacer un anuncio para mi agencia.

–¿Y por qué no te has puesto en contacto con nuestro departamento de relaciones con la prensa?

–Claro, seguro que me habrían hecho caso, ¿verdad?

Yuri se encogió de hombros como diciendo «¿Qué

quieres que le haga? Soy un hombre importante y no puedo andar ocupándome de las cosas pequeñas».

Aunque lo había hecho porque se había presentado en su casa.

—¿Por qué has venido a mi casa? —le preguntó Rose sin poder refrenarse.

Yuri negó con la cabeza, divertido.

—Porque mi equipo de seguridad me ha enseñado tu blog.

Rose intentó recordar lo que había escrito.

—Al leer lo que habías escrito, me he preocupado.

¿Por qué? No he hablado mal de nadie. Lo único que he hecho ha sido poner un par de cosas graciosas.

—¿De verdad, Rose?

—Te ha molestado lo que he escrito —comentó Rose comprendiendo.

—Digamos que lo que has escrito podría hacer que la gente se fijara en un par de asuntos que no me interesa que salgan a la luz, pero veo que eres quien dices ser, una mujer joven que tiene una agencia matrimonial en Internet.

—¿Te refieres a los hermanos Sazanov? —quiso saber Rose.

Yuri se encogió de hombros.

—Da igual, ese asunto ya está arreglado.

—Entonces, ¿por qué has venido a mi casa?

Yuri se quedó pensativo.

—A veces, incluso los adultos podemos comportarnos como adolescentes, *dushka*.

Rose se olvidó al instante de los hermanos Sazanov, se olvidó de la vergüenza que le había dado que Yuri la hubiera echado del hotel e incluso estuvo a punto de olvidarse de cómo la había tratado en su propia casa. ¿Le acababa de decir que se sentía atraído por ella?

—Así que querías verme —aventuró.

–*Da* –admitió Yuri–. Conozco a mujeres guapas constantemente y muchas me dan su teléfono. Tú también lo has hecho, pero de una manera más original.

Así que tampoco había sido tan especial, muchas le daba su teléfono.

–Luego me he enterado de que también se lo habías dado a los demás miembros del equipo y eso me ha... molestado.

–Ya –contestó Rose.

–Lo cierto es que he llegado a preocuparme porque no sabía qué era lo que te había llevado a actuar así. Por eso, cuando mi equipo de seguridad me ha dado tu dirección, he decidido ocuparme yo personalmente del asunto –confesó–. No voy a ocultar, porque lo acabo de admitir, que también había otras consideraciones en juego. La principal de ellas, que quería volver a verte.

Rose elevó su copa de champán.

–Bueno, pues lo has conseguido –brindó.

–Y me alegro de ello –contestó Yuri–. No me habría gustado que ningún miembro de mi equipo de seguridad se hubiera presentado en tu casa y te hubiera encontrado con ese... ¿cómo se llaman esas prendas?

–Salto de cama –contestó Rose sintiendo que la boca se le secaba.

–¿Duermes así siempre? ¿Incluso cuando estás sola?

Alguien debía de haber puesto la calefacción a toda potencia. Rose se llevó la copa a los labios.

–Mmm... –contestó bebiendo.

–Qué maravilla –comentó Yuri mirándola con evidente interés.

A Rose estuvo a punto de caérsele la copa, pero consiguió evitarlo. Lo que no pudo evitar fue que el champán le mojara el vestido. En un abrir y cerrar de ojos, Yuri estaba a su lado secándoselo con el mantel.

–No te lo he preguntado –comentó con aquella voz

grave y acento ruso que tanto le gustaba a ella–. ¿Tienes pareja? ¿Estás con alguien?

Rose llevaba casi dos años sin pareja y, hasta aquel mismo instante, había estado muy contenta así.

–No, no estoy con nadie –contestó con voz trémula.

–Me alegro de oír eso –sonrió Yuri.

Aquel hombre era realmente peligroso para su equilibrio mental. Estaban hablando de trabajo y, de repente, todo se convertía en sexo. Sí, definitivamente, todo entre ellos era sexo ya.

Rose se dijo que no debía dejarse encandilar por aquel hombre, pero ya era demasiado tarde. La había encandilado por completo.

–Así que no me has invitado a cenar porque te haya dado mi número de teléfono, sino porque te ha fastidiado que se lo hubiera dado también a todos tus chicos –comentó.

Yuri chasqueó la lengua y Rose se echó hacia delante. Quizás no debería haberlo hecho porque aquel hombre la hacía perder el control, pero no podía evitarlo, era como si tuviera un potente imán que la atrajera hacia él y no podía hacer nada por impedirlo.

–Te he invitado a cenar, precisamente, por la misma razón por la que les he prohibido a mis chicos que te llamaran: porque eres una mujer increíblemente guapa.

Rose no pudo contestar. Su cerebro se había quedado colgando en aquello de increíblemente guapa. Pero... un momento. ¿Cómo que les había prohibido a los chicos que la llamaran?

–Sabes sacar partido a tu belleza y eso me gusta.

–¿Les has dicho a los jugadores que no me llamen?

Yuri se encogió de hombros.

–¿Te sorprendes?

Sí, claro que se sorprendía.

–¿Entonces para qué me has traído aquí?

–He ido a tu casa para advertirte que te alejaras de mi equipo y, entonces, he descubierto que no eras como yo te imaginaba, así que he vuelto a considerar mis opciones y he decidido aprovechar la noche.

Rose no sabía si reírse o llorar. ¿Cómo podía haber sido tan estúpida? Se lo había pasado bien, había disfrutado, pero lo cierto es que nada de lo que había hecho desde aquella tarde le había servido de nada, no estaba ayudando a su empresa.

Conocía bien las sensaciones que se estaban apoderando de ella y no le gustaban, pues le recordaban a Houston, cuando todas sus decisiones eran manipuladas por otros.

–Me quiero ir –anunció poniéndose en pie–. Me alegro de que lo haya pasado usted bien esta noche, señor Kuragin –añadió volviendo a hablarle de usted–, pero yo tengo que madrugar mañana porque tengo que encontrar la manera de grabar el anuncio que he comprado para Cita con el Destino, así que, si me perdona... Ha sido... diferente.

–Siéntate, Rose –le ordenó Yuri.

–Vete al infierno, Yuri –contestó ella apartándose el pelo de la cara mientras se alejaba.

Capítulo 5

YURI no era hombre dado a la introspección. Aun así, mientras salía del restaurante, se dijo que los últimos diez minutos no habían ido bien y sabía perfectamente por qué.

Lo que tendría que haber hecho en cuanto Rose se subió a su coche, habría sido llevársela a su hotel, nada de cenar, haberse tumbado sobre ella, haberla agarrado de las muñecas y haber convertido su energía en suspiros de placer. Definitivamente, era una mujer que necesitaba mano dura, pues había quedado claro que no le gustaba que la dirigieran.

El problema era que Yuri sospechaba que una sola noche con ella no habría sido suficiente. Claro que, por otra parte, eso era todo un reto y los retos activaban su mente.

Rose salió del restaurante de muy mal humor y se encontró en el vestíbulo de los ascensores. Maldición. Había olvidado que estaba en el piso setenta y cinco. Lo cierto era que hubiera preferido ir a cenar a un sitio más normal porque tanta cubertería de plata, tanta cocina de autor y tanto camarero solícito no eran para ella.

Se cruzó de brazos y comenzó a dar golpecitos con el pie en el suelo mientras veía iluminarse los números del ascensor. Le estaba costando mucho mantener la calma. Sentía tremendos deseos de golpear algo.

Había cambiado de parecer sobre Yuri Kuragin. No podía con aquel hombre. Era demasiado para ella. Por otra parte, ya tenía cubierta su cuota de hombres arrogantes a los que les gustaba dirigirlo todo. No le costaba imaginárselo con sus hermanos en cualquier bar de su ciudad natal, bebiendo cerveza y hablando de las mujeres como si fueran vacas a las que hubiera que echar el lazo con mano dura para que aprendieran quién mandaba allí.

Al comienzo de la velada había creído que todo aquello había quedado atrás, pues ahora vivía en Toronto, pero no había sido así.

Cuando se abrieron las puertas del ascensor, se apresuró a entrar. Qué pena. No había salido del restaurante tras ella. ¿De verdad creía que lo iba a hacer? Ahora que había comprendido que no se iba a salir con la suya, que no la iba a llevar a la cama, no quería saber nada más.

En aquel momento, una mano masculina pasó ante ella y le dio al botón de la planta baja.

−¡Oh, no, de eso nada! −exclamó Rose intentando salir del ascensor.

Pero el cuerpo de Yuri le bloqueaba el paso, literalmente, y aquel hombre era demasiado alto y fuerte para ella, así que la nariz de Rose se encontró con el pecho de Yuri. Cualquier otra mujer se habría asustado, tal vez, pero ella no era ninguna cobarde de ciudad. Ella se había subido en un toro con once años.

−En este ascensor solo hay sitio para una persona y esa persona no eres tú, vaquero −le advirtió golpeándole con fuerza en el pecho.

−¿Ah, no? −contestó Yuri.

En aquel momento, se cerraron las puertas y quedó atrapada con él. El ascensor comenzó a bajar. Rose dio un paso atrás, apretó el bolso contra el pecho y se quedó mirando al frente como si Yuri no existiera. No pudo evitar comenzar a golpear el suelo con el pie de nuevo.

Yuri la estaba mirando como si fuera una vaca que estuviera pensando comprar.

–Si estos son los prolegómenos, me muero por llegar al plato principal –comentó.

Rose dejó de dar golpecitos con el pie en el suelo y lo miró.

–¿Qué has dicho?

–Normalmente, me es suficiente con salir a cenar y conversar un poco, pero, si necesitas montar un melodrama para ponerte a tono, por mí no hay problema.

–Yo no necesito ponerme a tono contigo porque aquí no va a pasar nada –ladró Rose.

En contra de todo pronóstico, Yuri no intentó tergiversar sus palabras, como hacían otros hombres, sino que se limitó a reírse. Fue una risa de lo más sensual que hizo que a Rose le temblaran las rodillas. Maldición. Estaba en inferioridad de condiciones, pues Yuri parecía sereno y calmado mientras que ella estaba hecha un manojo de nervios.

Aunque sabía que no era muy inteligente por su parte, se giró hacia él y lo volvió a mirar. Le hubiera gustado poder decirle que no entendía por qué no la quería ayudar. Lo único que le estaba pidiendo era que le prestara a un par de sus jugadores durante una hora.

Les iba a pagar.

¿Ah, sí? ¿Cuánto? ¿Unas migajas comparado con lo que ganaban? No, lo cierto era que Rose esperaba que lo hicieran gratis en cuanto la conocieran y la vieran mover las pestañas un par de veces y...

Maldito Yuri Kuragin, que la hacía sentirse como si lo que estaba buscando fuera algo más que lo estrictamente profesional.

–Eres un caradura, ¿sabes? –le espetó–. Primero, me sacas de mi casa, finges interesarte por mi empresa y flirteas conmigo disimuladamente con el único propósito de llevarme a la cama. Si estuviéramos en Texas, mi padre te daría tu merecido con un látigo de toros.

—Menos mal que no estamos en Texas —contestó Yuri en el mismo instante en el que el ascensor llegaba a la planta baja y comenzaban a abrirse las puertas—. Claro que ahora empiezo a entender por qué te gustan las cosas duras, *dushka*.

Rose no se paró a pensar, sino que reaccionó golpeándolo con el bolso en el pecho.

—¿Te parece suficientemente duro esto? —le espetó furiosa.

Se enfadó todavía más al ver que Yuri ni siquiera se inmutaba, así que la que se movió fue ella y salió del ascensor. Estaba a punto de perder los papeles. Aquel hombre le había preguntado si tenía pareja y la había hecho creer que estaba interesado en ella...

Aquello le dolía. No sabía por qué, pero había bajado la guardia durante un rato, lo había creído...

Sí, Yuri estaba interesado en ella, claro que estaba interesado, pero en hacer que se sintiera como una idiota.

Eso ya lo había vivido, ya lo conocía y no estaba dispuesta a volver a pasar por ello. No pensaba volver a dejar que la humillaran. Había sido una tontería creer que aquello podía terminar como un cuento de hadas. En realidad, lo había tenido claro desde el principio, pero, la manera en la que Yuri la había mirado en la cocina y el hecho de que la ayudara a subirse en el coche como si fuera de porcelana, la había llevado a confundirse...

Qué estupidez. Sabía por experiencia propia que los cuentos de hadas no existían. Había pasado cuatro años de su vida prometida con un hombre que la minaba constantemente. Sabía lo peligroso que puede resultar creer en un hombre.

No, no podía permitirse creer que Yuri Kuragin era

su príncipe azul. Se pasaba la vida diciéndole a la gente que utilizara la cabeza a la hora de elegir una pareja y ella había salido a cenar y le había hecho ojitos a un hombre que desaparecía de su vida en un par de días.

Rose miró a su alrededor en busca de la salida y se preguntó qué ocurriría a continuación, si Yuri iría tras ella o no. Mientras su cabeza le indicaba que buscara un taxi, su cuerpo exudaba energía y no sabía qué hacer con ella. Le hubiera gustado golpear algo, a saber, la nariz de Yuri, pero no estaban en Texas y, además, un gesto así acabaría con la imagen de señorita que quería que tuviera de ella.

Claro que no creía haberlo conseguido. Más que por una señorita, Yuri Kuragin la había tomado por una chica fácil.

Una chica fácil que no encontraba un taxi.

Yuri le hizo una señal al aparcacoches.

—Un momento, por favor —le dijo.

A continuación, caminó lentamente hacia la mujer que se paseaba arriba y abajo por la acera en busca de un taxi.

Ataviada con su abrigo de lana azul y con el cuello hacia arriba para protegerse del frío, parecía toda una señorita, que era la misma impresión que le había dado en la cocina de su casa, cuando lo había mirado como si no fuera muy normal para ella encontrarse un hombre cotilleando su nevera.

Aquello había tocado algo muy básico en él, que había sentido la imperiosa necesidad de explicarse, de asegurarle que era un buen tipo, de conseguir que le sonriera.

Sin embargo, lo que había conseguido había sido que se enfadara y lo que tenía en aquellos momentos frente a él era a una mujer disgustada y que estaba pasando frío. Él la había llevado hasta allí y era responsable de ella.

—Rose, móntate en el coche, que te llevo a casa —le dijo.

Ella hizo como que no lo había oído. Estaba tan tensa y estirada que parecía que se fuera a romper.

—No vas a encontrar un taxi —le explicó Yuri porque se había dado cuenta de que Rose odiaba que le dijeran lo que tenía que hacer—. No me obligues a llevarte en brazos.

—¿Qué quiere decir eso? —contestó ella girándose.

Yuri se dio cuenta de que estaba muy enfadada.

—¿Te estás metiendo conmigo?

Yuri se quedó mirándola fijamente. Era muy guapa y estaba muy enfadada. Lo cierto era que no se estaban entendiendo. ¿Sería una cuestión de barrera lingüística? ¿O, más bien, que los hombres y las mujeres rara vez se entendían? Yuri no lo sabía, pero lo que tenía claro era que se moría por hacer una cosa muy concreta, así que se acercó a ella y le pasó el brazo por la cintura. Lo hizo tan deprisa que Rose no se pudo resistir y, en un abrir y cerrar de ojos, se encontró con la espalda pegada a la pared del edificio y con Yuri Kuragin a pocos milímetros de ella, mirándola a los ojos.

—¿Me oyes ahora, Rose? —le preguntó sonriendo ante su sorpresa.

Rose parpadeó. No estaba oponiendo resistencia. Bien.

Yuri la dejó en el suelo y ella no se movió. Temblaba un poco y lo miraba fijamente. Yuri la tenía exactamente donde quería tenerla, colocó un brazo a cada lado de su cabeza y le tomó el rostro con una mano.

—No tengo ni idea de por qué me he presentado en tu casa. Lo cierto es que no lo he sabido hasta que me has abierto la puerta, ¿entendido? —le dijo.

Rose parpadeó de nuevo.

—Pero no tiene nada que ver con haberte pillado en ropa interior o con que quieras utilizar a mis jugadores. ¿Aclara eso las cosas?

No, aquello no aclaraba nada. Rose esperaba que la pared en la que estaba apoyada no colapsara porque era lo único que la estaba sujetando. Ella creía que sabía lo que era la excitación sexual, pero se estaba dando cuenta de que hasta aquel mismo instante no había tenido ni idea.

—Eres muy guapa —comentó Yuri acariciándole una ceja con la yema del dedo pulgar—, pero hasta ahora no me había dado cuenta de lo excitante que puede resultar una mujer que no se depila las cejas o lo suave que puede resultar su piel porque no va maquillada —añadió acariciándole la mejilla—. O, por supuesto, lo tentadores que son sus labios sin carmín —concluyó atreviéndose a acariciarle el labio inferior.

Rose estuvo a punto de decirle que ella sí se depilaba las cejas, que llevaba un poco de maquillaje y que sus labios eran cortesía de una famosa casa de perfumes francesa, pero prefirió guardarse sus secretos para ella.

Lo que hizo fue dejarse llevar por su instinto, abrir levemente la boca y morder la yema del pulgar que descansaba sobre su labio inferior.

Se dio cuenta al instante de que ya lo tenía, pues a Yuri se le dilataron las pupilas y Rose estuvo segura de que ya no pensaba con el cerebro, sino con la entrepierna.

A continuación, le mordió con fuerza, haciendo que Yuri retirara el dedo y maldijera en ruso. Luego, se miró el dedo, en el que habían quedado las marcas de los dientes de Rose y la miró de manera ininteligible.

Rose decidió que aquel era el momento preciso para dejarle las cosas claras.

–Esto es todo lo cerca del paraíso que vas a ir conmigo, señor multimillonario. Recuérdalo cuando estés solo en la cama esta noche. ¿Te aclara eso las cosas?

Yuri la miró en silencio y, a continuación, le tomó la cabeza entre las manos y le acarició la nuca.

–No sabía que tuvieras tanto temperamento –comentó–. Estoy tentado de darte lo que andas buscando, pero me voy a refrenar porque me lo estoy pasando en grande y todavía puedo aguantar.

Rose ahogó un grito de indignación y volvió a golpearle en el pecho, pero de nuevo Yuri apenas se movió.

–Aléjate de mí, canalla.

Yuri la soltó lentamente y a Rose le pareció que la miraba con respeto.

Claro que eso no quería decir que le diera permiso para utilizar a sus deportistas.

–Te voy a llevar a casa –anunció como si ella no tuviera nada que decir.

Pero claro que tenía algo que decir. Se podía negar. También podía aceptar. Al final, se encogió de hombros y se alejó hacia la entrada del edificio. Cuando llegó, se volvió a colocar el cuello del abrigo hacia arriba. Primero, porque hacía frío y, segundo, para ocultarse de la incisiva mirada de Yuri. Estaba jugando con ella y Rose no estaba dispuesta a seguirle el juego.

Iba a permitir que Yuri Kuragin la llevara a casa, pero no lo iba a volver a ver.

Capítulo 6

YURI estaba de pie en su palco, con los brazos cruzados, escuchando por el auricular los comentarios del entrenador y los chicos que estaban en el banquillo mientras los demás jugaban. Era un entrenamiento, pero era el último antes del partido del viernes por la noche. El sábado abandonarían Toronto en dirección a Montreal y, desde allí, directos a Moscú.

Nada lo ataba a aquella ciudad, pero tenía una casa allí y le parecía un buen lugar para celebrar una serie de reuniones que necesitaba tener con el nuevo consejo de dirección.

La noche anterior, tras haber dejado a Rose en su casa, lo había llamado una mujer con la que había salido en un par de ocasiones, pero no había contestado.

Estaba ocupado pensando en otras cosas.

Tras acompañar a Rose desde el coche hasta la puerta de su casa, la morena de ojos azules le había dado, literalmente, con la puerta en las narices. Una experiencia nueva para él. También había sido una experiencia nueva para él quedarse apoyado en su coche mientras veía cómo se encendían las luces de casa de ella. Se había quedado allí un buen rato. De hecho, tal vez seguiría allí si no hubiera sido porque un corredor le había preguntado qué hacía.

–Me estoy asegurando de que la chica que he dejado en su casa ha llegado bien –le había contestado Yuri.

–¿Rose Harkness? Es un encanto de chica –había comentado el corredor.

–Eso me han dicho.

Y, mientras se alejaba de aquel barrio en su coche, no había podido evitar tararear el *Bolero* de Ravel.

Si hubiera sido un tipo moderno, de esos que creían que a las mujeres no hay que mimarlas ni protegerlas ni hacer que se sientan especiales, quizás no habría mandado a dos de sus chicos a ver a Rose. Sin embargo, había hablado aquella misma mañana con Rykov y Lieven para que lo hicieran. Acto seguido, le había mandado veinticuatro rosas amarillas a su casa, había alquilado una mansión con vistas al lago y había contratado a un chef para invitarla a cenar con él aquella noche.

Tenía por delante dos noches. Le podía conceder dos noches y estaba dispuesto a que fueran dos noches inolvidables, pero todavía la tenía que llamar.

Sabía que una llamada de teléfono no era lo mejor para hacer las paces con ella. Era mejor dejar que transcurriera el día, que estuviera contenta de que le hubiera mandado a sus dos chicos y, entonces, aparecería en su casa y la invitaría a cenar. Sí, eso era lo mejor que podía hacer si quería disfrutar de su cuerpo.

Yuri ignoró la voz que en su mente le decía que se olvidara de todo aquel asunto y que no volviera a ver a Rose, la voz que le indicaba que sus estilos de vida eran tan diferentes que podía haber una colisión de consecuencias desastrosas.

Yuri se había criado en un ambiente recio en los Urales, era hijo de una madre soltera que había vuelto a casa de sus padres tras pasar un año en Moscú y lo había hecho embarazada y sin saber o querer dar el nombre del padre. Su abuela siempre le recordaba a Yuri lo mucho que les debía y que era un hijo no deseado. Su madre había trabajado mucho y había bebido más, muriendo de cirrosis cuando él contaba quince años. Para entonces, Yuri era un muchacho incontrolable, una amenaza para la sociedad, un chico al que nadie quería. Lo único que hacía bien era servirse de su cuerpo como arma y de su cerebro matemático para robar a los demás.

Pavel Ignatieff, el entrenador del equipo local de hockey sobre hielo, se había fijado en él porque jugaba bien y le había dado la oportunidad que sus abuelos, el destino y la ciudad en la que vivía le habían negado hasta entonces.

Gracias a aquello, su vida había dado un vuelco y, desde entonces, le estaba sinceramente agradecido a Pavel. Estaba seguro de que su antiguo entrenador entendería lo que estaba haciendo, dejarse llevar por el deseo que le inspiraba Rose.

Según su experiencia, Yuri estaba convencido de que la única forma en esta vida de conseguir lo que uno quiere es tomarlo por las buenas o por las malas.

Rose era una mujer adulta y, después de haber visto cómo se había comportado en la rueda de prensa con los chicos y, luego, con él a solas, Yuri estaba seguro de que sabía a lo que se exponía.

Rose aparcó su coche azul en el aparcamiento que había debajo del estadio y subió a la entrada privada reservada a los socios.

Había un hombre mayor viendo una película antigua en blanco y negro en la televisión. Le dio su nombre porque Sasha Rykov le había dicho que le dejaría la entrada en la puerta y, efectivamente, el portero la acompañó dentro.

Ojalá el resto del día fuera así de fácil. Sin embargo, Rose estaba muy nerviosa, mucho más que en la rueda de prensa.

Aquello podía explotarle en la cara.

Exactamente igual que le había pasado la noche anterior cuando había perdido los papeles con Yuri.

Rose se había criado en una familia en la que las pullas y las discusiones eran muy normales. Si quería conseguir algo, siempre tenía que vérselas con sus hermanos. Sabía que, si gritaba lo suficiente, se salía con la suya, y la noche anterior había recurrido a aquellas viejas costumbres que había aprendido en la infancia.

Qué humillante, se había expuesto ante aquel hombre al que quería conseguir como una niña pequeña dolida que no sabe controlarse. Porque lo cierto era que, para ser completamente sincera consigo misma, quería conseguir a aquel hombre.

En el poco tiempo que hacía que conocía a Yuri Kuragin, se había expuesto más que durante los cuatro años que había pasado junto a Bill. Yuri Kuragin había conseguido sacar de ella a la chica de campo que habitaba bajo la fachada de mujer urbanita.

En cualquier caso, no parecía que Yuri Kuragin se fuera a dejar impresionar por el numerito que le había montado. No, nada de eso. Le había dejado muy claro que, si sabía utilizar su feminidad bien, podría conseguir de él todo lo que quisiera.

¿Pero en qué tipo de mujer se convertiría entonces? Sabía perfectamente la contestación y aquello la enfurecía. No quería parecerse a aquellas chicas de las que hablaban sus hermanos sin ningún respeto.

Se había terminado hacer el idiota. Yuri no tardaría en abandonar Toronto y ella tenía que seguir al frente de su empresa.

Aquella mañana, había salido de caza muy temprano, prácticamente al amanecer, no había dormido mucho, pero estaba decidida a salvar su anuncio. A la una de la tarde iba a haber un equipo de rodaje en un restaurante de la zona y lo que grabaran se iba a emitir en un conocido programa matutino de la televisión.

Al final, no iba a tener más remedio que pasar al plan b y utilizar a un amigo suyo que era actor en sus ratos libres en lugar de a un deportista guapísimo. No iba a tener el mismo impacto, pero era lo que había.

Estaba a punto de llamar a su amigo cuando había sonado el teléfono. No reconoció el número.

—Rose Harkness —había contestado.

—¿Rose?

Al instante, había detectado el acento ruso y había sentido que el corazón le daba un vuelco, pero pronto había comprendido que la voz era más joven y aguda que la de Yuri, así que no era él.

—Sí, soy Rose Harkness —había confirmado en tono profesional.

—Soy Sasha.

Rose dio un respingo. Era Sasha Rykov, una de las estrellas de los Lobos. Por lo visto, la prohibición de Yuri no había calado en aquel jugador.

Rose se sintió esperanzada.

—Hola, Sasha, cuánto me alegro de que me llames.

—¿Nos podemos ver, Rose? —le había preguntado él en tono jovial yendo directamente al grano.

Rose elevó la mirada al cielo y dio las gracias.

—Sí, Sasha, claro que nos podemos ver.

Perfecto.

Así que Rose se había pasado toda la tarde en el restaurante con Sasha y con Phoebe, una amiga suya, con la que el deportista no había parado de flirtear ni un solo momento. Tras la grabación del anuncio, uno de los ejecutivos de la cadena de televisión la había llamado para preguntarle qué contrato les había ofrecido. La firma de Sasha no era suficiente. Según su equipo legal, iba a tener que firmar también el director de los Lobos a pesar de que Rose le había explicado que lo que Sasha iba a cobrar lo iba a donar a una ONG.

Así que Rose había tenido que aceptar que, sin el consentimiento de Yuri, lo más probable era que lo que habían grabado jamás viera la luz. Iba a tener que volver a verlo, lo que le daba mucha vergüenza, pues era consciente de que no se había comportado bien la noche anterior. Claro que él, tampoco.

Rose se dijo que, tal vez, no fuera para tanto. Con un poco de suerte, Yuri vería el lado humorístico de la situación. Con un poco de suerte, Yuri se encogería de hombros y diría algo así como: «*Da*, muñeca, al final te has salido con la tuya. Lo único que te pido es que me devuelvas a mi chico entero». Y, entonces, Rose le diría que ya habían hecho la grabación y él sonreiría como la noche anterior y le preguntaría...

Claro que también cabía la posibilidad de que estuviera con una rubia despampanante y que cuando le dijeran que Rose había ido a verlo dijera: «¿Rose qué? ¿Quién es esa?».

Aquel último pensamiento le restó algo de decisión. No le importaba lo que Yuri hiciera en su vida privada. Claro que no. Eso a ella no la concernía en absoluto. El hecho de que la hubiera visto en ropa interior y de que la hubiera invitado a cenar, aunque la cena hubiera resultado un completo fiasco, no le daba ningún derecho sobre su vida privada.

Ella también era completamente libre para hacer lo que quisiera con la suya. Rose tenía muy claro que jamás saldría con un deportista profesional. Algo así no podía acarrear más que problemas.

Vio a Sasha. Cuando le había preguntado cómo lo reconocería en el entrenamiento de aquella tarde, el ruso le había contestado que él era el del palo más largo y era cierto.

Rose se estaba preguntando cómo iba a conseguir que Sasha reparara en ella cuando el chico la vio y se acercó patinando rápidamente.

–¡Rose!

Le recordaba a su hermano Jackson cuando tenía aquella edad. Un chico lleno de energía y optimismo, pero con demasiado ego.

Rose tomó aire profundamente y caminó hacia la pista de hielo como si estuviera muy tranquila. No había muchos aficionados, solo unos cuantos, pero todos se volvieron hacia ella. Sasha abrió la puerta, salió, se sentó y comenzó a quitarse los patines.

–Me voy a meter en un lío –comentó sin demasiada preocupación–, pero me da igual. Yo no soy propiedad del club –añadió desafiante–. Esto lo hago por ti, Rose.

Rose se dio cuenta de que otros jugadores se acercaban y se preguntó si Yuri habría levantado la prohibición de que no se acercaran a ella.

–Necesito hablar con el presidente del club –le dijo a Sasha–. Tienes que firmar un contrato para cederme tus derechos de imagen durante los cinco minutos que dura la grabación.

Sasha se encogió de hombros.

–El entrenador viene para acá. No te preocupes, si te grita, yo te defenderé –le aseguró.

Aquel chico era un verdadero encanto, pero el entrenador era otra cosa. Aquello le dejó muy claro a Rose que la prohibición todavía pesaba sobre ella, así que intentó sonreír y poner cara de inocente.

Los demás jugadores se estaban acercando también, la miraban y hablaban entre ellos en ruso. Rose miró a Sasha y tuvo muy claro lo que estaban diciendo. Le daba igual mientras no lo dijeran en inglés.

Entonces, por encima de todas las voces de los chicos se elevó una y Sasha palideció. Rose comprendió que ese hombre no estaba hablando de su trasero. Al girarse, se encontró con un individuo bajito que, efectivamente, hablaba a gritos.

–No entiendo lo que me dice –lo interrumpió Rose.

–¡Fuera de aquí!

Rose parpadeó.

–Yo no soy una de sus jugadoras, entrenador, a mí no me puede expulsar.

El hombre se puso rojo como la grana.

–Escuche, no hace falta ponerse así –le dijo Rose tendiéndole la mano–. Soy Rose Harkness. Creo que no nos han presentado.

El entrenador se quedó mirándola fijamente y, a continuación, hizo un comentario sobre sus pechos que una señorita no tendría por qué aguantar en ningún idioma.

Rose dio un paso atrás.

–Un momento, señor Medvedev, no tiene ningún derecho a hablarme así...

–Fuera del estadio, no se acerque a mi equipo, está interfiriendo en nuestro entrenamiento con sus pechos y con esos jueguecitos de ir por ahí escribiendo su teléfono en las manos de los chicos.

Era cierto que les había escrito los teléfonos con bolígrafo en la palma de la mano, pero tampoco era para tanto. ¿Qué demonios les pasaba a los hombres rusos que enseguida se creían que había sexo de por medio?

–El partido ha terminado, el otro equipo ya debe de estar en los vestuarios y me está usted retrasando –le espetó–. Tengo que hablar con alguien que pueda firmar por Sasha, que me va a hacer un favor. No hay nada sexual en todo esto y no voy a interferir en nada que tenga que ver con la imagen de los Lobos. En realidad, debería darme las gracias porque, cuando mañana por la mañana la mitad de la ciudad vea a Sasha en la tele, a lo mejor tienen ustedes que imprimir más entradas para el partido de la noche.

–Imposible –comentó una voz conocida a sus espaldas–. Eso sería como imprimir dinero y al gobierno canadiense no creo que le hiciera mucha gracia.

Capítulo 7

ROSE se giró y elevó la mirada.

Por un instante, se sintió como la noche anterior, cuando la había elevado por los aires en brazos y la había dejado sin aliento.

Maldición. Yuri tenía los brazos cruzados y todo en su cuerpo gritaba: «Soy el dueño del mundo y tú eres una intrusa». Que el hombre del que necesitaba una firma se mostrara así era un gran problema.

Rose reparó en que no había ninguna rubia a la vista, pero se dijo que aquello no era asunto suyo.

–Vaya, pero si es el gran lobo malo en persona –comentó.

El entrenador la miró sorprendido, Sasha dio un paso atrás y los demás jugadores comenzaron a retirarse. No era la primera vez que Rose veía un movimiento así. Era lo que solía pasar antes de una estampida. En esos casos, lo mejor era quitarse de en medio, pero Rose jamás tiraba la toalla.

–Le estaba explicando a tu entrenador que no soy ningún peligro para vuestro precioso equipo, que lo único que estoy intentando es hacer un negocio.

–¡Váyase al diablo con sus negocios! –gritó el entrenador.

Rose miró a Yuri con la esperanza de que la defendiera a pesar de lo que había pasado la noche anterior. Ojalá se hubiera puesto una camiseta que dejara bien a la vista sus activos femeninos porque, si era eso lo que quería, a lo mejor se lo podía dar.

Vaya, qué rápido se le olvidaban sus principios.

Rose se argumentó a sí misma que todo lo que estaba haciendo lo estaba haciendo por una buena causa y decidió volver a intentarlo.

—Es publicidad gratuita, señor entrenador. No les va a costar absolutamente nada y les prometo que no voy a comprometer la virtud del señor Rykov.

Yuri alargó el brazo.

—Dame ese papel, Rose.

Rose rebuscó en su bolso mientras pensaba en la suerte que estaba teniendo. Tal vez, había juzgado a Yuri Kuragin con demasiada dureza. Cuando encontró los papeles y elevó la mirada de nuevo, se encontró con los de Yuri y comprobó que la atracción sexual que había sentido por él la noche anterior seguía allí.

Yuri leyó el papel.

—Bolígrafo –pidió.

Rose creyó que le hablaba a ella, pero fue el entrenador quien le dio el bolígrafo. Tanto el entrenador como Sasha miraban hacia la pista, hacia las gradas, hacia cualquier sitio que no fuera ella. Había un ambiente extraño, como si todo el mundo excepto Yuri se sintiera avergonzado.

—Creo que debes saber que Sasha ya ha rodado el anuncio esta tarde –confesó.

—¿Ah, sí? ¿Por qué no ha ido Denisov? –quiso saber Yuri.

—Se ha arrepentido –contestó Sasha.

Rose se quedó con la boca abierta.

—¿Ya lo sabía?

Yuri se encogió de hombros.

—Si anoche no te hubieras ido del restaurante, habríamos hablado de ello.

Rose se sonrojó. ¿Por qué demonios decía delante de todo el mundo que habían salido a cenar? Claro que, por otra parte, era todo un halago que no lo ocultara.

–Entonces, gracias –le dijo.

–¿Estás seguro de que quieres hacerlo? –le preguntó Yuri a su jugador tendiéndole el contrato.

Sasha se encogió de hombros.

–¿Por qué no?

–Eso me llevo preguntando yo desde el principio –comentó Yuri mirando a Rose, que tuvo la sensación de que no se refería a hablar precisamente.

Aquello la hizo sonreír mientras guardaba el contrato firmado en el bolso. A continuación, se pasó los dedos por el pelo y carraspeó.

–Muchas gracias, caballeros. Ha sido un placer hacer negocios con ustedes –se despidió.

–Siéntate, Rose –le dijo Yuri señalando el banquillo–. Rykov, a la ducha.

El entrenador murmuró algo en ruso, Yuri sonrió y le contestó en el mismo idioma. Rose observó el diálogo y vio que el entrenador sonreía.

–¿Qué habéis dicho sobre mí? –quiso saber mientras Medvedev se alejaba.

Había elegido no sentarse, pues no quería que el rey del mundo la dominara. Yuri la miró y ella intentó no ponerse a temblar, pues no podía dejar de pensar en aquellos labios en algunas zonas de su cuerpo.

–¡No me gusta que hablen de mí en un idioma que no entiendo cuando estoy delante y los dos sabemos que has dicho algo de contenido sexual sobre mí!

Lo soltó todo de carrerilla, sin mirarlo a los ojos, sintiéndose algo avergonzada porque, si era cierto que Yuri estaba hablando de sexo, ella estaba pensando en lo mismo.

Nunca hasta entonces había sido aquel tipo de mujer.

Por supuesto, pensaba en el sexo, pero nunca de manera tan gráfica y explícita y teniendo al protagonista de sus fantasías justo frente a ella.

–No he dicho nada de contenido sexual sobre ti –le aseguró Yuri haciéndose el ofendido.

–No te creo –gritó Rose–. Tu entrenador estaba obsesionado con mis pechos y se cree que tengo una especie de agencia de acompañamiento de señoritas. En cuanto a ti...

–Sí, eso, Rose. ¿Qué pasa conmigo? –le preguntó Yuri interesado.

«¿Por qué no me has llamado?», preguntó la adolescente que había dentro de ella, lo que resultaba completamente absurdo porque aquel hombre iba a estar solo unos cuantos días en Toronto y ella tenía que reconstruir su vida.

A Rose no se le escapaba la ironía de todo aquello. Se dedicaba profesionalmente a ayudar a otras personas a encontrar pareja y ella estaba soltera y sin compromiso.

–Anoche no me dejaste que me cambiara de ropa –comentó incómoda.

–Rose –dijo Yuri acercándose peligrosamente–, ya hablamos anoche de tu ropa interior, ¿no?

–No me acuerdo –mintió Rose mojándose los labios.

–Lo que le acabo de decir el entrenador es que tienes un carácter fuerte y que ya te podían contratar las autoridades de este país para negociar con nosotros porque habrían conseguido mucho más.

Rose puso los ojos en blanco.

–¿Te crees que soy tonta o qué? ¿Cómo pretendes que me crea eso? Seguro que le has hablado de mis atributos femeninos.

–No le he dicho una palabra de eso –le aseguró Yuri.

En aquel momento, sus miradas se encontraron y

Yuri le dedicó una sonrisa, lo que hizo que Rose se riera. De repente, todo aquello se le antojó absurdo e íntimo a la vez. De repente, todo aquello parecía el principio de algo...

En aquel momento, Yuri prestó atención al auricular que llevaba en uno de los oídos. Escuchó sin dejar de mirarla a los ojos, pero se puso muy serio.

–Perdona, Rose, tengo que hacer una llamada –anunció sacándose el teléfono móvil del bolsillo–. No tardo nada –le aseguró alejándose.

Mientras lo hacía, Rose no pudo evitar quedarse mirándolo, fijarse en su altura, en sus piernas, en sus hombros y en su trasero. De repente, se giró, colgó el teléfono y volvió hacia ella.

–Lo siento, pero ha surgido un problema –anunció sacándose del bolsillo una tarjeta de visita y entregándosela–. Aquí tienes mi número de teléfono personal. A las ocho pasará un coche a recogerte para traerte a mi hotel. He alquilado una casa en el lago para que podamos retomar la cena que se vio interrumpida ayer de manera tan brusca –se despidió besándola suavemente en la mano.

A continuación, se quedó mirándola muy sonriente. Rose tardó unos segundos en darse cuenta de que estaba esperando una respuesta por su parte. Tenía una respuesta para él, pero no estaba segura de que la fuera a entender porque lo cierto era que no la entendía ni ella. Nunca había sido objeto de tanto control por parte de un hombre y lo que debería haberle indignado la estaba atrayendo en realidad. Rose se dijo que no debía ceder a la tentación, que aquel hombre estaba demasiado seguro de que se iba a acostar con ella y aquello resultaba insultante.

–¿Te acompaño al coche? –se ofreció Yuri.

–No, no hace falta –contestó Rose–. Tienes cosas que hacer –añadió dándose la vuelta y alejándose.

Mientras lo hacía, miró la tarjeta de visita que él le había dado y se preguntó cuántos números de teléfono personales tendría un hombre así. Por lo visto, solo uno.

Rose tragó saliva y se preguntó si ese sería el número que les daba a todas las chicas con las que se divertía cada vez que salía de viaje. Sabía perfectamente lo que significaba que un coche fuera a buscarla.

Cuando Rose llegó a casa, se encontró con veinticuatro rosas amarillas.

Rita Padalecki las había puesto allí cuando habían llegado.

—Como no estabas en casa, he abierto con mis llaves —le explicó—. Veinticuatro rosas. Está pensando en ti.

Rose se sentó en la cocina con un café y se quedó mirando la tarjeta. Yuri. Su nombre. En alfabeto cirílico. Pasó la yema del dedo por encima de la tinta preguntándose si lo habría escrito él y llegó a la conclusión de que tenía que ser su caligrafía, pues dudaba que la chica de la floristería supiera ruso.

Así que pensaba en ella. Eso decía la señora Padalecki, que conocía el lenguaje de las flores. De no haber sido por ella, Rose jamás habría descifrado el mensaje. Claro que, por otra parte, el mensaje de mandar un coche a buscarla también estaba claro. Coche más casa en el lago más rosas igual a cama.

Rose sacudió la cabeza porque, aunque aquella tarde le había parecido que había algo bonito entre ellos, lo cierto era que no podía acudir a aquella cita. Por mucho que Yuri estuviera pensando en ella. Era evidente que todo aquello formaba parte de su plan. Rose sabía que tenía fama de ligón y estaba segura de que no era importante para él, solo una más.

Marcó su número de teléfono y Yuri contestó casi al instante.

–Hola, Rose.

Al oír su voz, Rose sintió que le temblaban las rodillas.

–Mira, lo he estado pensando y no creo que ir a cenar contigo sea una buena idea, Yuri. No me interesa. Por favor, no mandes el coche a buscarme –le dijo tomando aire para continuar–. Has sido muy amable conmigo. Gracias por ayudarme, pero no soy tu tipo.

Yuri no la interrumpió.

–Espero que los Lobos ganen mañana por la noche –se despidió colgando inmediatamente.

Tal vez, si se quedaba muy quieta en el sitio y conseguía mantener la mente en blanco, podría apartar de sí aquella terrible sensación de que acababa de tirar a la basura algo importante.

Cuando su teléfono móvil sonó casi inmediatamente, dio un respingo, cerró los ojos e intentó calmarse antes de contestar, pero, cuando miró la pantalla, vio que no se trataba de Yuri.

–Hola, Phoebe.

Varias amigas suyas, dos de las cuales trabajaban a tiempo parcial en Cita con el Destino, iban a salir aquella noche a tomar unas copas al centro de la ciudad para celebrar el futuro éxito de la empresa.

–Muy bien... sí, claro –se escuchó decir a pesar de que una vocecilla la hacía dudar porque, tal vez, él se pasara por su casa o la volviera a llamar...

«Rose, de verdad, no te ha devuelto la llamada y no va a pasarse por aquí. Todo ha terminado», se dijo.

Lo mejor que podía hacer era pasar un buen rato saliendo con sus amigas, pero...

A los once años, su hermano Cal la había subido encima de un toro. Estaba muerta de miedo, pero no había dejado que se le notara. El animal la había tirado a la primera. Apenas había aguantado unos segundos, concretamente tres, los tres segundos más largos de su vida. Llena de polvo y magullada, la habían recogido del suelo y la habían hecho prometer que no se lo iba a contar a su padre. Al borde de las lágrimas pero consiguiendo controlarlas, Rose había asentido con la cara cubierta de barro y un rasguño en la mejilla. Otro de sus hermanos, Brick, le había dicho que era una chica muy valiente y ella se había inflado de orgullo como un pavo real.

Ahora mismo, se sentía pequeña como un gusano.

«Rose Harkness, ¿desde cuándo eres tan asustadiza?», se recriminó.

El bar era ruidoso y estaba lleno de ejecutivos. A Rose no le iban en absoluto aquel tipo de lugares, pero sus amigas parecían estar pasándolo bien. A ella le iban más los bares típicos del sur profundo de Estados Unidos, donde todo el mundo te llama por tu nombre porque conoce a tu padre y, si un tipo se fija en ti, se muestra siempre educado porque sabe cuáles son las consecuencias.

Tal vez, por eso, seguía sin pareja dos años después de llegar a Toronto. Había salido con algunos hombres, pero nada serio. Tampoco tenía prisa, la verdad después de pasar por aquel compromiso de boda tan desastroso con un hombre doce años mayor que ella. Después de haber permitido que su ambiciosa familia le robara la vida y de que aquel falso vaquero terminara con su autoestima sexual, Rose no tenía prisa por encontrar pareja, claro que no.

Aun así, resultaba muy irónico, pues llevaba toda la vida haciendo de celestina para los demás. Había perdido a su madre a los seis años a causa de un accidente que se había producido en el rancho y se había pasado todo el verano de sus ocho años intentando emparejar a su padre con su nueva profesora. La providencial caída de su hermano Cal del tejado y el haberse quedado a pasar una noche en casa de Melody, la profesora, había sido suficiente para que el trabajo de Rose diera sus frutos: su padre se casó en otoño y, desde aquel momento, Rose quedó encandilada con aquello de emparejar a los demás.

Al día siguiente por la mañana todo el mundo en Toronto iba a conocer su empresa. Seguro que la página web de Cita con el Destino recibía más visitas que nunca. Phoebe y Caroline, las dos amigas que trabajaban con ella, tendrían que atender a más clientes, ella continuaría atendiendo de manera privada a los nuevos y la vida continuaría.

De repente, todo aquello se le antojó... vacío.

Seguiría estando sola.

Sabía que tenía que seguir el consejo que le daba a los demás: sé valiente, arriésgate, permite que tu corazón viaje libre, pero le costaba.

Por culpa de Bill Hilliger, ahora dudaba de sí misma. Sus hermanos habían sido muy protectores con ella, era cierto, pero jamás la habían hecho sentirse inferior o inútil, siempre le habían dejado tomar sus propias decisiones.

Mirando hacia atrás con la perspectiva quedaba el tiempo, comprendía ahora que cuando había iniciado su relación con Bill no era más que una niña. Así mirado, era una suerte que, después de haber pasado por aquellos cuatro años tan terribles, todavía siguiera creyendo en el amor.

Rose se dio cuenta de que un hombre que estaba apoyado en la barra estaba intentando llamar su atención, así que se giró hacia Caroline, que estaba hablando, y le dio la espalda.

–¿Quieres otra copa? –le gritó Phoebe al oído.

Rose asintió a pesar de que todavía no se había terminado la que se estaba tomando y se preguntó qué hacía allí cuando podía estar con Yuri. Aunque no creyera en el amor, aquel hombre tenía mucho que ofrecer a una mujer... y ella era una mujer de sangre caliente. ¿Por qué no lo admitía y actuaba en consecuencia?

Ojalá hubiera ido a buscarla.

Se sentía como una niña que aplasta la nariz contra la ventana y ve lo que están comiendo los de dentro mientras que ella no tiene qué llevarse a la boca. ¿Acaso estaba condenada a mirar siempre desde lejos el amor y la pasión? Llevaba demasiado tiempo diciéndose que no debía arriesgarse a mantener una relación seria.

En realidad, nunca había tenido una relación seria. Lo de Bill no había sido serio. Lo había elegido, precisamente, porque sabía que jamás iba a perder la cabeza por él.

Un momento. ¿Era eso lo que quería, que Yuri Kuragin se interesara seriamente en ella? Aquel hombre rico y famoso era lo último que una chica de Texas como ella debería querer. Por lo que sabía, Yuri salía con chicas guapas y cosmopolitas, pero parecía ser que con ninguna había ido en serio.

¿Entonces por qué iba a ir en serio con ella?

Rose se mordió el labio y recordó la historia de sus padres. Joe Harkness se había acostado con todas las mujeres solteras de tres condados antes de entrar en la cafetería de Fidelity Falls y enamorarse a primera vista de Elizabeth Rose Abbott, la nueva camarera. Lo suyo había sido un flechazo. A veces, sucedía.

Rose dejó la copa en la mesa.

¡Había tirado la toalla sin ni siquiera presentar batalla! ¡Se había rendido incluso antes de empezar! Si la vieran sus hermanos... a pesar de saber que el toro te va a tirar al barro, hay que subirse e intentarlo.

Ella había visto el tamaño de aquel animal y había salido corriendo.

Rose se puso de pie.

–¿Adónde vas, Rose?

–¿Qué te pasa?

–¿Y tu copa?

Rose se abrió paso entre la gente. Sabía exactamente adónde se dirigía. Una vez fuera, paró un taxi y, en cuanto se subió, marcó el número de teléfono de Yuri. Le salió del buzón de voz.

–Yuri, llámame –le dijo.

Tenía muchas posibilidades de no volverlo a ver, pero, mientras volvía a meter su teléfono en el bolso, tuvo la misma sensación que la primera vez que lo había visto: se sintió como si estuviera a lomos de un gran toro con el lazo preparado, esperando a que se abriera la puerta.

Capítulo 8

YURI se colocó bien los gemelos y abrió la puerta que daba al jardín de Rose. La vecina de otras veces lo saludó mientras atendía sus camelias.

–Hola, veo que ha vuelto –le dijo Rita Padalecki.

–Buenos días, señora Padalecki –contestó Yuri parándose cortésmente.

A continuación, se dirigió hacia la casa de Rose y encontró la puerta abierta, así que entró. Dentro se oía un aspirador. Subió las escaleras de tres en tres y, siguiendo el cable del electrodoméstico, vio a Rose limpiando una habitación. La última vez que había visto a una mujer limpiando la casa había sido hacía quince años. Y había sido a su abuela, no a la mujer con la que llevaba soñando cuarenta y ocho horas.

Al fijarse en ella y en el vaivén de sus caderas mientras pasaba el aspirador, se le antojó que jamás había conocido a una mujer tan excitante y supo que aquel encuentro solo podía terminar de una manera. Había intentado evitarlo porque aquella chica no se parecía en absoluto a las mujeres con las que solía salir. De hecho, mientras iba al aeropuerto aquella misma mañana, se había repetido una y otra vez que no debía parar en su casa. Luego, cuando había comprendido que iba a parar, se había dicho que solo iba a despedirse y a decirle que, tal vez, pudieran verse la próxima vez que estuviera en Toronto. Percibía las vibraciones de su cuerpo, así que Yuri tiró del cable y desenchufó el aspirador. Rose se giró y, al verlo, dio un respingo y un grito.

–Yuri Kuragin, si quieres, dame un susto, anda –lo recriminó soltando el aspirador y llevándose la mano al corazón.

Yuri se fijó entonces en que llevaba una camiseta vieja y muy desgastada que marcaba sus generosos senos y unos vaqueros bien apretados que ponían de relieve su trasero bien redondeado.

Cuando vio que Rose se acercaba a él, se preguntó por qué pensaba como si tuviera trece años.

–¿Qué pasa, vaquero? ¿Te lo voy a tener que pedir dos veces? –dijo Rose mirándolo con los ojos muy abiertos.

Yuri sabía que debía decir algo, que no se entraba en las casas y se tomaba a las mujeres así como así, pero se limitó a pasar por encima del aspirador y a tomarla entre sus brazos. Nada en su vida lo había preparado para el impacto de sentir el cuerpo de Rose, que parecía hecho para el pecado.

A pesar de que el deseo le nublaba la razón, consiguió tomarle el rostro entre las manos y besarla como un caballero. Rose se puso de puntillas para facilitarle la tarea y lo besó de manera suave y tentativa. Cuando sus labios se tocaron, Yuri se introdujo en la boca de Rose y se apoderó de ella.

Perfecta, era absolutamente perfecta. Sabía a amanecer, a licor dulce y oscuro.

Siguió besándola y Rose le pasó los brazos por el cuello y se apretó contra él con tanta insistencia que terminó abrazándolo también con las piernas, de manera que Yuri no tuvo más remedio que agarrarla del trasero con las palmas de las manos bien abiertas.

Desde luego, lo había sorprendido, pero ahora le tocaba a él. En un abrir y cerrar de ojos, Rose se encontró tumbada de espaldas sobre la cama con Yuri encima.

Yuri no podía parar de acariciarle el trasero y a ella parecía gustarle. Rose no sabía si era ella la que se estaba frotando contra su entrepierna o era él quien estaba frotándose contra ella, pero, en cualquier caso, era evidente que Yuri estaba muy contento de verla.

Rose decidió comprobarlo con sus propias manos, así que deslizó una entre sus cuerpos y comprobó que, efectivamente, Yuri tenía la entrepierna tan dura y grande como todo lo demás.

—Dios mío, Rose —gimió él—. Vete más despacio si quieres que dure —añadió apartándole la mano.

Tenía la respiración entrecortada, lo que Rose tomó como un cumplido. Sonrió y vio que Yuri la miraba de manera extraña. ¿Habría algo que no le estaba cuadrando? ¿Acaso no le gustaba que las mujeres tomaran la iniciativa? De repente, se sintió algo insegura y recordó la cantidad de veces que su exnovio le había dicho que había algo salvaje en ella y que ningún hombre quería una esposa que no se supiera controlar.

Rose tenía muy claro que era perfectamente capaz de controlarse con hombres como Bill, pero con un semental como Yuri Kuragin era completamente imposible.

¿Se habría equivocado? A lo mejor Yuri no quería tanto. Rose lo soltó y se dejó caer sobre la almohada, confundida.

—No quiero que pares, Rose —le dijo Yuri como si le hubiera leído el pensamiento—, solo que vayas un poco más despacio.

—Está bien —contestó Rose con la respiración entrecortada—. Despacio...

Yuri sonrió. Parecía intrigado.

—No tenemos ninguna prisa por llegar a ningún sitio, ¿verdad? Quiero que los dos nos lo pasemos bien.

Rose no estaba segura de poder porque el deseo que sentía por aquel hombre era demasiado potente.

–Eres tan guapa –dijo Yuri sorprendiéndola–. Quiero honrar hasta el último milímetro de tu cuerpo –añadió.

Y Rose lo creyó.

–Vaquero, dices cosas muy bonitas.

A pesar de que Yuri Kuragin era un hombre alto y fuerte, la acariciaba con delicadeza. Cuando se acercó para volver a besarla, Rose cerró los ojos. A lo mejor aquella idea de ir despacio era buena después de todo...

Rose se perdió en el beso, sentía sus manos bajo la camiseta, le abrazó una pierna con las suyas y se frotó contra ella. Aquello debía de ser el simulacro adolescente que ella nunca había tenido.

Yuri le bajó el tirante del sujetador y le acarició el brazo.

–Qué piel tan maravillosa tienes –suspiró mientras le besaba el escote–. Eres del color de la leche y sabes igual de bien.

Rose se rio y comprendió que, si no llegaba pronto al pezón, le iba a dar un ataque. Yuri parecía muy entretenido en su escote y en su canalillo.

Como en una nebulosa, Rose oyó otra voz que decía su nombre. No era la voz de su conciencia, no, sino una voz masculina que parecía proceder de la planta de abajo.

–¡Oh, Dios mío! –exclamó elevando la cabeza–. Es Rob, un cliente –añadió incorporándose sobre los codos.

Yuri maldijo en ruso y se apartó. Rose se apresuró a levantarse de la cama.

–Quédate aquí –le ordenó a Yuri mientras se peinaba y se ponía la camiseta bien.

Rob estaba subiendo las escaleras.

–Lo siento, la puerta estaba abierta, así que he entrado.

–Hola... ¿habíamos quedado? –le preguntó Rose.

–No, la verdad es que no, pero hace un día precioso y pasaba por aquí... ¿estabas durmiendo? –le dijo su cliente subiendo un par de escalones más.

Rose se había dado cuenta de que aquella conversación era extraña y le saltaron las alertas, pues en su última cita había sospechado que aquel hombre tenía problemas para entender los límites que ponían los demás. Por lo visto, no se había equivocado.

–Rob, te tienes que ir –le dijo indicándole que se girara para bajar las escaleras.

Demasiado tarde.

Rob palideció y Rose supo que Yuri había salido de la habitación. Maldición. Lo tendría que haber encerrado.

–¿Y usted quién es? –le preguntó Yuri en un tono de voz que hizo temblar a Rose.

Rob dio un paso atrás.

–Ya volveré en otro momento mejor, Rose –se despidió girándose para irse.

Pero Yuri se empeñó en acompañarlo, bajó las escaleras con la camisa abierta y despeinado, agarró al desconocido del brazo y siguió hablándole en aquel tono hasta haberlo puesto de patitas en la calle.

Rose sabía que era cobarde por su parte no intervenir, pero lo cierto era que, como mujer, le gustaba la reacción de Yuri, pues no era propio de un cliente tomarse aquellas licencias con ella, no podía presentarse en su casa sin avisar y entrar sin llamar.

Al bajar las escaleras, se encontró a Yuri en el porche.

–Vete a buscar tu pasaporte –le ordenó muy serio.

–¿Cómo? ¿Dónde está mi cliente?

–Espero que en Alaska –contestó Yuri fríamente–. ¿Todos tus clientes entran directamente a tu habitación?

–No, solo los marimandones de los rusos –le espetó

Rose–. Me parece que tú y yo vamos a tener que mantener una seria conversación, vaquero.

–Me parece muy bien, pero en el coche. Vete a buscar tu pasaporte, *detka* –insistió Yuri–. Te vienes conmigo.

–Un momento. ¿Adónde?

–A Moscú –contestó Yuri como si fuera lo más evidente del mundo.

–¿A Moscú? ¿Pero te has vuelto loco?

–Vas a pasar unos días conmigo. Será bueno para los dos –le dijo tomándola de la cintura.

–¿Y el partido de esta noche? –objetó Rose mirándolo a los ojos.

–Tengo que volver a casa. De hecho, iba hacia el aeropuerto cuando me he desviado para venir a verte.

–¿Ah, sí? –le dijo sorprendida.

–*Da*, no he podido resistirme –confesó Yuri sonriente.

–Así que debo tenerme por una chica afortunada porque te pasas por mi casa sin avisar, ¿verdad? –le espetó Rose.

Yuri se encogió de hombros.

–Si te hubiera llamado, habríamos hablado, pero habríamos terminado en el mismo sitio... en la cama –le aseguró–. Me gustas, Rose. Quiero ser sincero contigo. Tú tienes tu vida aquí y yo... en otro lugar, pero me gustas demasiado como para resistirme a ti, así que te propongo que nos vayamos a Moscú y veamos qué pasa.

Rose se quedó mirándolo con los ojos muy abiertos y se dijo que lo mejor que podía hacer era, evidentemente, declinar su invitación. ¿O había sido, más bien, una orden?

–Mira que eres marimandón –se oyó decir, sin embargo.

–Sí, y te encanta, *detka*.

Y era cierto. Le encantaba. Aquel hombre estaba

loco. ¿De verdad esperaba que cruzara medio mundo para seguirlo? ¿Había huido de Houston prometiéndose a sí misma que jamás permitiría que otras personas tomaran decisiones por ella y ahora iba a dejar que Yuri Kuragin lo hiciera? Claro que aquello era diferente porque lo que le estaba proponiendo le gustaba, igual que le gustaba que Yuri supiera lo que quería y fuera a por ello con decisión. Ahora, por lo visto, también sabía lo que ella quería.

Por lo visto, todo el deseo sexual natural que había reprimido durante los años que había pasado con Bill pugnaba ahora por salir.

–Creo que tengo el pasaporte en el cajón de la mesilla –declaró mojándose los labios–. ¿A qué hora sale el vuelo? –añadió sin poderse creer que fuera a hacer aquello.

–Rose, preciosa, no vamos a ir en un vuelo comercial –contestó Yuri–. Tengo un avión privado.

–Claro –sonrió Rose poniendo los ojos en blanco.

Capítulo 9

Y URI miró de reojo el delicado perfil de la mujer que iba sentado a su lado en el Ferrari y se preguntó en qué lío se estaba metiendo.

La intensidad de lo que había entre ellos hacía que un fin de semana normal y corriente en Moscú se convirtiera en un salto al vacío, a lo desconocido. Yuri se había repetido una y otra vez desde que había invitado a Rose que aquello no tenía por qué significar nada... solo le iba a enseñar Moscú... bueno, y su cuerpo... y, luego, la mandaría de vuelta a casa.

Yuri se dijo que no tenía por qué sentirse mal, pues Rose era una chica inteligente que sabía lo que estaba haciendo.

En aquellos momentos, tenía el ordenador portátil abierto sobre las rodillas y estaba comentando algo de que habían subido el anuncio de Sasha a YouTube. Yuri hubiera preferido que le prestara más atención a él, pero, por otra parte, se alegraba de ver que su empresa era importante para ella, pues eso quería decir que querría volver a casa pronto.

–Me alegro –contestó Yuri–. Firma por un equipo canadiense mañana –confesó.

–¿De verdad? –sonrió Rose–. Qué bien, ¿no? Claro que, entonces, ya no va a jugar con los Lobos.

–No, ya no va a jugar en mi equipo, pero me alegro por él.

–¿No te molesta? ¿No te importa entrenar a todos esos jugadores que acaban fichando por equipos canadienses y estadounidenses?

–No, de eso se trata, precisamente. Para ellos, es la mejor manera de labrarse un futuro. Sasha, por ejemplo, proviene de una ciudad minera que no tienen mucho que ofrecer. Además, no se le dan bien los estudios. Probablemente, habría terminado en la mina, como su padre, pero es un buen jugador.

–Ya entiendo, el hockey es una manera de prosperar –contestó Rose.

Yuri la miró. Era una chica inteligente. Eso le gustaba. Era guapa, inteligente y... divertida. También le gustaba mucho que fuera divertida. Se preguntó cómo reaccionaría si supiera de dónde procedía él, cómo había conseguido salir de allí y labrarse un futuro. ¿Lo juzgaría o lo respetaría? Daba igual porque no se lo iba a contar ya que no la iba a volver a ver después de aquel fin de semana.

–¿Y tú hiciste lo mismo? ¿Gracias al hockey conseguiste prosperar? –le preguntó Rose como si le hubiera leído el pensamiento.

–No, yo también jugué al hockey, pero ese no fue mi camino hacia la prosperidad.

Yuri había sido un niño pobre de una ciudad minera también, destinado a delinquir si quería sobrevivir. ¿Cómo le iba a explicar eso? No lo iba a hacer y punto. Era mucho mejor concentrarse en su potente halo sexual. Yuri recordaba perfectamente cómo había deslizado la mano para tocarle la entrepierna aquella misma mañana. Era evidente que bajo la fachada de chica tradicional, Rose escondía a una mujer apasionada que tenía muy claro lo que quería y que no dudaba en ir a por ello.

–¿Y tú? ¿Qué has estado haciendo con tu vida?

–Bueno, los dos últimos años estuve en Houston terminando Psicología.

–¿Eres psicóloga?

–Sí, ¿te sorprende?

Yuri sonrió.

–Sí, no me esperaba que una psicóloga fuera por ahí escribiéndole su número de teléfono en la mano a un equipo de hockey al completo.

Ella lo miró algo incómoda.

–No hace falta que lo digas como si fuera algo indecente –se quejó–. En cualquier caso, gracias a eso, conseguí hacer mi trabajo.

De nuevo, la chica dulce. Sí, había conseguido hacer su trabajo. Yuri se preguntó si él también formaría parte de aquel trabajo. No le importaba que lo manipulara y lo cierto era que había sido él quien se había pasado por su casa sin avisar aquella mañana. Aunque no le hubiera llamado la noche anterior, lo habría hecho. No recordaba la última vez que se había sentido tan atraído por una mujer y lo cierto era que tampoco comprendía por qué, pues no era su tipo. Quizás, precisamente por eso. Lo normal era que las mujeres se lo pusieran todo muy fácil y con Rose nada había sido fácil.

El entusiasmo que ella había demostrado una vez que le había puesto las manos encima había sido una sorpresa. Sí, una agradable sorpresa. Lo que no comprendía era de dónde demonios se había sacado la idea de ir más despacio. Probablemente, hubiera sido por la señora Padalecki, el hecho de que la puerta estuviera abierta, el aspirador y la dulzura esencial que había sentido en Rose desde el principio. Sí, le gustaba su dulzura, pero a la vez lo confundía. ¿Qué pasaría si la chica de campo fuera la verdadera Rose al final?

–¿Y cómo has terminado teniendo una agencia matrimonial? –se encontró preguntándose.

–Tengo una agencia matrimonial porque desde pequeña lo único que he querido en la vida ha sido casarme.

Yuri se preguntó por qué demonios había hecho aquella pregunta y se dijo que, si le quedara una sola neurona sana, daría la vuelta al coche inmediatamente.

–En mi pueblo, soy famosa como celestina –continuó Rose alegremente–. Lo hacía por afición antes de convertirlo en mi profesión. Emparejé a mi padre con mi profesora preferida cuando tenía ocho años –recordó riéndose–. Tranquilo, vaquero, no busco marido –le aclaró al ver la cara que ponía Yuri–. Y, aunque lo buscara, no serías tú.

–Excelentes noticias, *detka*.

–Tampoco hace falta que te pongas tan contento –bromeó ella sacándose el pintalabios del bolso.

Tras pintarse la boca, le contó lo impresionada que estaba porque a la gente le iban bien sus consejos y le dijo que, si todo seguía así, en breve podría tener su propio local en el centro de Toronto.

–¿Y cómo terminaste en Toronto? –quiso saber Yuri.

–Tirando un dardo en un mapa –contestó Rose volviendo a sonreír–. En realidad, cayó en un río, pero la ciudad más cercana era Toronto, así que aquí me establecí. Hay mucha gente joven y muchas posibilidades de tener citas muy diversas y eso me hizo pensar que era un buen sitio para establecer una agencia matrimonial.

–¿Tú tienes muchas citas, Rose? –se indignó Yuri.

Rose lo miró sorprendida.

–Todas las que puedo –contestó encogiéndose de hombros.

¿Qué demonios quería decir aquello? Yuri se dijo que debía controlar sus celos. ¿Qué le estaba ocurriendo? Rose era una mujer soltera y guapa y vivía en

una ciudad donde había mucha gente. Era normal que
hubiera unos cuantos hombres deseando llevarla a cenar... y a la cama.

Exactamente igual que él.

–¿Y cómo es que sigues soltera?

–No lo sé –contestó Rose visiblemente confundida.

Podría haberle explicado que de adolescente no había podido salir con ningún chico porque tenía cuatro
hermanos mayores que la habían protegido con muy
buenas intenciones, pero que le habían hecho la vida
imposible. Luego, en la universidad, su vida social se
había limitado a acudir a cenas, fiestas benéficas y
funciones de teatro del brazo del hombre equivocado,
un hombre que había elegido, precisamente, para que
sus hermanos la dejaran en paz, un hombre cuya familia había terminado con su autoestima. Llevaba dos
años convirtiéndose en una chica normal que salía de
vez en cuando y que tenía sus citas. Le había costado,
pero lo había conseguido. Aun así, seguía estando soltera.

–Supongo que porque no paró de trabajar –improvisó.

–¿Y te ganas bien la vida con tu trabajo?

–La verdad es que no –confesó Rose–. Tengo pocos
clientes. De momento, solo me alcanza para cubrir gas-
tos.

–¿Te gustan los finales felices?

–Me gusta darle a la gente las herramientas para tomar decisiones inteligentes sobre las personas a las que
aman –contestó Rose a la defensiva.

–Ya, eso quiere decir que crees en los cuentos de hadas.

–Eso quiere decir que no me conoces en absoluto –le
espetó Rose perdiendo los nervios–. Te aseguro que sé
por experiencia personal lo horrible que puede ser una

relación entre un hombre y una mujer. Por eso, precisamente, he elegido educar a mis clientes, no llenarles
la cabeza con cuentos de hadas.

–¿Por qué dices que una relación puede ser horrible?
–se sorprendió Yuri.

–Prefiero no hablar de eso –contestó Rose cruzán-
dose de brazos.

–¿Quién te ha tratado mal? –insistió él.

–No estaba hablando de mí, sino en términos generales.

–Mentira, has dicho que lo sabías por experiencia
personal...

–Da igual, no es asunto tuyo –contestó Rose com-
probando con horror que Yuri estaba parando el coche
en el arcén–. ¿Qué haces?

Yuri paró el motor del vehículo y se giró hacia ella.

–¿Quién te ha maltratado?

–Yuri, te agradezco mucho tu interés, pero no necesito que nadie se meta en mi vida.

Pero Yuri se quedó mirándola intensamente, como
si estuviera buscando pruebas de un maltrato físico.

Rose decidió contarle la verdad.

–Hace cuatro años, comencé a salir con un chico y
tuvimos problemas –confesó.

–¿Qué te hizo?

–Más o menos, lo que tú me estás haciendo ahora
mismo –murmuró Rose.

Yuri la miró con las cejas enarcadas.

–Presionarme –le aclaró Rose–. Mira, apenas nos
conocemos, así que esto no es asunto tuyo y...

–Has dicho que había sido horrible. Entenderás que
me preocupe.

Rose lo miró a los ojos y sintió que el corazón comenzaba a latirle aceleradamente, pero se dijo que no
debía dejarse llevar, que no debía caer rendida a los pies

de aquel hombre que parecía realmente interesado en sus problemas.

—Es una historia larga y aburrida –murmuró–, pero, si te empeñas... –añadió sacando un recorte de prensa de una carpeta y estudiando atentamente el rostro de Yuri mientras lo leía.

Ella se lo sabía de memoria.

La reina de belleza de Fidelity Falls deja plantado al heredero Hilliger. William Randolph Hilliger III, hijo del senador William Randolph Hilliger II, ha perdido la preelección y a su prometida de la noche a la mañana. La señorita Harkness no ha querido hacer comentarios.

—Bueno, aquí tienes mis cinco minutos de fama –declaró Rose.

—¿Esa eres tú? ¿Cuántos años tenías? –le preguntó Yuri.

—Dieciocho –contestó Rose mirando horrorizada el vestido y el pelo que llevaba entonces.

—Muy mona –comentó Yuri devolviéndole el recorte–. ¿Y quién era aquel Bill?

—Bill era un chico al que conocí durante el primer año de carrera, en la Universidad de Houston. Yo no había salido con muchos chicos hasta entonces... la verdad era que no había salido con ninguno. Vengo de un pueblo pequeño que se llama Fidelity Falls –se apresuró a explicarle– y tengo cuatro hermanos mayores. Como tú comprenderás, era bastante difícil salir con algún chico. Como te he dicho antes, lo que siempre había querido, desde pequeña, era casarme. El problema era que, incluso estando en la universidad, mis cuatro hermanos me hacían la vida imposible, hablaban con cualquier chico que tuviera interés en mí. Cuando apareció

Bill, no sospecharon de él porque era mucho mayor que yo y provenía de una familia de toda la vida de Houston. ¿Quién se iba a imaginar que iba a salir con una chica de pueblo?

Yuri la miraba muy serio.

—El hecho de tener que evitar que nos pillaran, puso una nota de emoción en aquel romance. Bill me mandaba flores, me invitaba a cenar, me llevaba de picnic y me escribía poesías.

—¿Poesías?

—Después me enteré de que, en realidad, las escribía el secretario de su padre, pero, en aquel momento, me pareció muy romántico. Yo era muy jovencita y creí que las cosas eran así. Ahora sé que no es verdad. Lo sé gracias a él porque Bill acabó con mi romanticismo —se lamentó Rose—. El padre de Bill era senador. Todos los hombres de su familia se dedican a la política, así que eso era lo que se esperaba de Bill aunque a él no le gustaba especialmente, pero su padre insistió. Bill no confiaba en la gente y, menos, en las mujeres. Supongo que por eso me eligió, por ser tan joven e ingenua. Al mes de estar saliendo, me pidió que me casara con él. Le dije que no, pero siguió insistiendo. Para entonces, su madre me había tomado bajo su protección, toda mi vida social la dirigía su familia, todo el mundo a mi alrededor esperaba que me casara con él —continuó suspirando—. No habría sido tan terrible si Bill no se hubiera empeñado en que me avergonzara de mis orígenes y de mi familia. Durante un tiempo lo consiguió. Intentó cambiarme —declaró—. Por eso, hoy en día, soy un hueso duro de roer.

—Ya, no hace falta que lo jures —contestó Yuri lentamente—. ¿Por qué estuviste con él tanto tiempo?

—Yo vivía en el campus, en una residencia de chicas, pero, de repente, me encontré viviendo en su casa, iba con él a cenar y al teatro, me encontré viviendo una vida que no me pertenecía, la vida de una mujer mayor que yo, pero no sabía cómo bajarme del tren –recordó Rose–. La idea era que nos casáramos cuando yo terminara la carrera. Para entonces, tendría un poco más de barniz social y Bill se presentaría a la preelección. Cuando empecé a hacer voluntariado social como parte de mis estudios, a su familia no le hizo ninguna gracia, me pidieron que lo dejara. Aquella fue la primera vez que les dije a algo que no. A partir de entonces, les dije que no a muchas cosas hasta que un día, a los veinticuatro años, le dije a Bill que lo nuestro se había terminado. Me había dado cuenta de que lo único que buscaba aquel hombre era llevar colgada del brazo a una mujer que no lo avergonzara en público, lo que resultaba toda una ironía porque, al final, eso fue lo que hice.

–Así que le dejaste... ¿y por qué salió la noticia en la prensa?

–Porque en Houston todo el mundo conoce a su familia. Como yo iba a todos los actos con ellos, cometí el error de aceptar ir a otra fiesta después de que hubiéramos roto y el vio la oportunidad para anunciar nuestra boda. Supongo que creyó que podría obligarme. Yo me enfadé mucho. La prensa estaba allí y, al día siguiente, la noticia salió en los periódicos.

–¿Y por qué no volviste a Fidelity Falls?

–Porque había pasado de ser la reina de la belleza a la chica que dejó plantado a un Hilliger. No me apetecía volver, la verdad –contestó Rose recordando la angustia de aquellos días–. Tenía mi título de Psicología, así que hice el equipaje, tiré un dardo sobre el mapa y me vine a Toronto para empezar una nueva vida –concluyó–. Supongo que ahora lo que querrás hacer será dar la vuelta y llevarme a casa porque hablar de los exnovios no es lo más sexy.

–*Detka*, todo en ti es sexy –le aseguró Yuri sonriendo.

Sin embargo, a Rose le pareció captar algo detrás de aquella sonrisa y se preguntó si no habría hablado demasiado, si no habría quedado como una estúpida.

Capítulo 10

ASÍ QUE Rose había pasado por momentos infelices en la vida, ¿eh? Bueno, era evidente que se había repuesto. Era una mujer inteligente y capaz que no necesitaba que ningún hombre, ni siquiera él, acudiera en su rescate.

Aun así, mientras volvía a poner el coche en marcha y a salir a la autopista, Yuri la miró muy serio y sintió que algo se le movía por dentro.

–¿Y dónde estaban entonces tu padre y sus hermanos? –le preguntó.

Rose lo miró sorprendida.

–Protegí a Bill de ellos, por supuesto.

Yuri maldijo y Rose suspiró.

–No quiero seguir hablando de esto. Bill no era como... tú. No tenía tanta experiencia con las mujeres. Creo que esa era una de las cosas que más me gustaban de él, que no me abrumaba. Probablemente, si hubo una agresora, fui yo.

–¿Fuiste tú la que lo sedujo? –quiso saber Yuri.

Rose apartó la mirada. Parecía avergonzada.

–No, no me refería a eso... bueno, da igual.

Pero a Yuri no le daba igual. Estaba enfadado y su instinto de protección le llevaba a desear darle una patada en el trasero a aquel tipo que se había aprovechado de la joven Rose.

Entonces, aunque era una locura, se preguntó dónde estaba él en aquella época. Estaba en las montañas del

Cáucaso, disparando sobre los insurgentes, comerciando de manera ilegal con repuestos de coches en el mercado negro.

Desde luego, no estaba en Houston para proteger a Rose, aquella reina de la belleza de Texas que no salía con chicos y que había elegido a uno mayor que ella porque lo único lo que quería era casarse. Sí, aquella mujer era una chica tradicional.

Una chica tradicional que se había convertido en una mujer segura y firme que se ganaba la vida ella solita. Ya no era aquella chica de dieciocho años, sino una mujer hecha y derecha que sabía lo que quería y él se había comprometido a llevarla a pasar el fin de semana a Moscú. Lo que Yuri quería era hacerla pasar un buen rato. Lo que tenía que hacer, por el bien de los dos, era no prendarse de ella.

Lo último que Rose necesitaba era un hombre que se inmiscuyera en su vida. Por lo que le acababa de contar, lo que necesitaba era divertirse.

«Lo nuestro es sexual y ya va siendo hora de ponerse a ello», se dijo Yuri.

Tras su confesión, Rose se encontró temblando como una hoja. Mostrarse tan sincera hacía que se sintiera expuesta y vulnerable. Yuri se había sumido en el silencio. Mientras conducía, ella miraba incómoda por la ventana y se preguntaba por qué demonios había convertido una conversación trivial en una confesión en toda regla.

Menuda aguafiestas.

Para su sorpresa, Yuri no se dirigió al aparcamiento del aeropuerto, sino que siguió todo recto hasta llegar a un lugar que ella no conocía, donde bajó la ventanilla y le entregó algo a un guardia de seguridad que lo dejó pasar. Fue entonces cuando Rose se dio cuenta de que iban en dirección a una pista de despegue.

Dios mío.

Delante de ella había un avión blanco y negro, brillante, con la cabeza de un lobo en rojo dibujada en la cabina.

–¿Te gusta la velocidad, *malenki*? –le preguntó Yuri.

Rose negó con la cabeza.

Yuri paró el coche, se desabrochó el cinturón de seguridad y desabrochó también el de Rose y, antes de que a ella le diera tiempo de reaccionar, la besó en la boca. Rose gimió de placer mientras le acariciaba el pelo y la besaba con pasión. Tuvo la sensación de que el mensaje que Yuri le estaba mandando con aquel beso era algo así como: «Esto es lo que hay entre nosotros, muñeca, y no te confundas». Después de la melodramática confesión que había hecho, no era para menos.

Yuri dejó de besarla igual de impulsivamente que había comenzado a hacerlo y Rose se quedó mirándolo confusa.

–Vamos –le indicó él bajándose del coche y abriéndole la puerta.

De cerca, el avión parecía más grande. Hacía frío y Yuri se quitó el abrigo y se lo puso sobre los hombros. Al instante, Rose se encontró envuelta en su olor. Yuri le pasó el brazo por la cintura y la llevó hacia la escalerilla mientras su equipo de seguridad, que había llegado en otro coche, se encargaba de todo.

Aquello parecía una película. A Rose le temblaban las piernas y se dijo que, si de verdad era la chica moderna que creía que era, lo que tenía que hacer era disfrutar de todo aquello. Pero no era tan moderna, ¿verdad? Procedía de un pueblecito de Texas donde lo normal era casarse con el novio de toda la vida, tener hijos e ir a misa.

Pero ella no llevaba aquella vida. Lo cierto era que echaba de menos no tenerla porque, aunque no fuera particularmente emocionante, le parecía una buena vida.

Pero ante sí tenía un avión esperándola para llevarla a Moscú y a su lado a un hombre guapísimo que la iba a acompañar. Había llegado el momento de dejar unas cuantas cosas claras.

«Tengo que hacerme con este toro», se dijo.

—No me voy a subir al avión si me dices que lo que hay entre nosotros es solo sexo –le dijo parándose frente a las escalerillas.

–¿Solo sexo?

—Sabes perfectamente a lo que me refiero –insistió Rose.

Claro que lo sabía.

—Te voy a tratar como a una reina, Rose mía –contestó Yuri–. Te lo prometo.

—Como a una reina, ¿eh? Más te vale.

Yuri sonrió sinceramente.

—Muy bien, me alegro de haber dejado las cosas claras –sentenció Rose.

Yuri no se podía creer lo afortunado que era. La tenía. Era suya. El golfillo de Udilsk había conseguido a una princesa de verdad. Desde luego, no era el tipo de chica con el que solía salir. Aquello lo llevó a preguntarse si Rose conocería su fama de ligón. Le entraron unas ganas terribles de asegurarle que él no era el hombre que retrataba la prensa, que tampoco era el que había estado dispuesto a mandarle una limusina a su casa, que aquello había sido porque apenas la conocía y todavía no se había dado cuenta de que ella era de aquellas chicas a las que hay que llevarlas a casa personalmente.

«¿Y yo cómo voy a saber todo eso? No soy más que un pobre chaval de una ciudad pobre, o sea, nada. Todo lo que toco lo estropeo».

–Rose, voy a cuidar de ti, *malenki* –le prometió poniéndose muy serio.

Lo que sucedió a continuación lo tomó completamente por sorpresa. En un abrir y cerrar de ojos, Rose lo abrazó por la cintura y se apretó contra él con fuerza. Aquel gesto lo desarmó. Nunca nadie había hecho algo tan conmovedor.

Yuri se preguntó qué pasaría si permitiera que esas cosas sucedieran en su vida, qué pasaría si Rose formara parte de su vida.

«¿Qué diablos me pasa?», se dijo sin embargo.

Aquella chica y él eran de mundos completamente diferentes. Rose jamás entendería de dónde procedía él. De hecho, si tuviera la más mínima idea, no habría aceptado su compañía.

No debía olvidarlo.

–¿Vamos, vaquero? –le preguntó ella con mucha seguridad.

Sí, Rose deseaba aquello tanto como él, así que Yuri se dijo que no debía darle tantas vueltas, que lo que debía hacer era disfrutar del momento.

Cuando aterrizaron estaba nevando. Mientras se dirigían al edificio de la terminal, Yuri recibió una llamada.

–Rose, hay prensa esperándonos fuera. Vamos a ir hacia el coche todo lo aprisa que podamos, pero te aconsejo que mantengas la cabeza agachada y que te cubras la cara con el bolso.

–¿Por qué hay prensa esperándote en el aeropuerto a estas horas? –quiso saber Rose frunciendo el ceño.

¿Cómo explicarle que la vida de un gran magnate de los negocios en Rusia, sobre todo cuando se ha sido un niño pobre, interesaba a la prensa? Era la típica historia que le gustaba a todo el mundo y todo el mundo quería saber cómo era la vida de aquel hombre de negocios.

–Tápate la cara –insistió porque no creyó que Rose lo fuera a entender.

Rose así lo hizo, Yuri la tomó del brazo y la condujo hacia el coche. Hacía mucho frío y los flashes de las cámaras disparaban sin cesar. Los periodistas lanzaban preguntas en ruso, francés e inglés, pero Yuri no contestaba a ninguna. A los pocos segundos, Rose se vio en la privacidad del asiento de atrás de una limusina y dio gracias al cielo por ello.

–¿Estás bien? –le preguntó Yuri.

Rose asintió. Le había parecido que Yuri se había mostrado distante durante el vuelo y estaba convencida de que había sido por el abrazo que le había dado antes de subir al avión. Posiblemente, se había sobrepasado, pero no había podido evitarlo porque lo que había dicho, según su manual de chica de pueblo, había sido muy romántico.

Rose estaba decidida a que aquel hombre jamás se olvidara de ella, a poner toda su libido sexual al servicio de aquel fin de semana, a sacar lo mejor del tiempo que estuvieran juntos.

–Tengo unas cuantas reuniones en el centro –comentó Yuri de manera ausente mientras miraba la boca de Rose.

Se acabaron las rubias de traseros pequeños.

–Le voy a decir a Iván que me deje en el edificio Kharkov y que te lleve a mi casa –añadió–. Yo llegaré sobre mediodía.

Se acabaron las orgías en los yates.

–No entiendo. Es medianoche –objeto Rose.

–Tienes que cambiar la hora. Aquí son las siete de la mañana –le aclaró Yuri sonriendo.

–No puede ser, pero si es completamente de noche

—se sorprendió Rose fijándose en su sonrisa, que se le antojaba de lo más sensual.

—Así es el invierno en mi país, *malenki*. Bienvenida a Rusia —contestó Yuri.

—¿Y a qué hora amanece?

—Alrededor de las nueve, pero no pasa nada, así tienes tiempo de descansar un poco y de ponerte algo bonito.

Rose tuvo la sensación de que le estaba dando instrucciones para seducirlo y no le importó lo más mínimo.

—¿Y tú no vas a dormir?

—Yo soy como Nueva York, que nunca descansa.

—Pues yo no, yo necesito dormir, por lo menos, tres o cuatro horas —confesó Rose.

—Está bien, te llamaré.

—¿Tienes mi número?

—No, pero llamaré a mi casa.

Rose abrió su bolso y sacó su bolígrafo.

—Dame la mano —sonrió.

—No me lo puedo creer —contestó Yuri riéndose mientras ella le escribía los números en la palma.

—Ya está —anunció Rose soplando para que se secara la tinta—. No te prometo nada, ¿eh? Pero tú llámame...

—Me parece que voy a cancelar todas las reuniones de hoy —contestó Yuri.

—No, de eso nada —le dijo Rose guardándose el bolígrafo en el bolso—. Tú vete a tus reuniones que, así, yo tengo tiempo de recuperarme un poco después del vuelo. Necesito comer y cambiarme de ropa y, desde luego, darme un buen baño. Oh, sí, un buen baño de espuma... porque no te puedes ni imaginar cómo tengo las piernas y... otros lugares de mi anatomía.

Yuri parecía absorto por lo que le estaba diciendo.

—Estás jugando con fuego —le advirtió.

–Bueno, pues, si te aburres en las reuniones, puedes pensar en mí jugando con fuego y yo, mientras, pensaré en ti haciendo... haciéndome, mejor dicho, otras cosas.

Rose sabía que estaba actuando de manera descarada, pero la vida le había enseñado que ser educada y esperar no servía de nada, que, si se quiere algo, hay que decirlo claramente.

Yuri apretó un botón y subió la pantalla de seguridad que los separaba de chófer.

–No me irás a besar, ¿verdad, vaquero? –objetó ella en tono de broma–. Lo digo porque este no es el lugar ni el momento apropiado.

Él la miró divertido.

–¿Y cuándo va a ser el lugar y el momento apropiado, Rose?

Rose se dio cuenta de que aquel era el momento para tomar las riendas, para hacerse la mujer que tiene la sartén por el mango en lugar de comportarse como la chica que se deja llevar por sus hormonas, pero, cuando lo miró a los ojos, lo que vio fue dinamita sexual porque Yuri la estaba mirando de manera inequívoca.

Rose se mojó los labios. Ella siempre le había aconsejado a sus clientes que fueran pacientes, que se dieran tiempo para conocerse y hablar de intereses comunes, pero lo suyo con Yuri iba demasiado deprisa. Si la besaba, no habría manera de parar. ¿Habían cruzado medio mundo para acabar haciéndolo en el asiento de atrás del coche?

Precisamente, el coche en cuestión se había parado.

–Ivan te llevará a casa –anunció Yuri sonriendo con picardía, como si le hubiera leído el pensamiento–. Así, podrás descansar, comer algo y darte un baño.

A Rose le hubiera encantado darse el baño con él, pero Yuri estaba abriendo la puerta de la limusina.

–Una cosa importante, Rose... no quiero que abras

la puerta a nadie y, una vez dentro de casa, no salgas –le dijo Yuri poniéndose muy serio.

–No te entiendo.

–Tú limítate a hacer lo que te he dicho y no habrá problemas.

Y se fue. No la besó, ni siquiera lo intentó. De hecho, ni siquiera le dijo adiós. Se había limitado a darle instrucciones de lo que debía hacer. Cuando el coche se puso en marcha, Rose tuvo la sensación de que la mente se le había quedado en blanco y sintió un peso desagradable en la boca del estómago.

Capítulo 11

ROSE se quedó mirando la taza de té que tenía ante sí mientras las pastas que el camarero le había recomendado y que se llamaban *piroshkis* se enfriaban. Se le había quitado el apetito en el mismo instante en el que Yuri la había puesto bajo arresto domiciliario.

Rose no había cumplido sus instrucciones, había entrado en la casa, había mirado a su alrededor, se había dado cuenta de la cantidad de dinero que costaba todo aquello y se había sentido la chica de campo poco sofisticada que la familia Hilliger siempre le había echado en cara que era.

Para empeorar todavía más las cosas, se imaginó que todas aquellas fiestas que celebraba Yuri con rubias espectaculares y de las que se hacía eco la prensa tendrían lugar en aquella casa.

Aquella había sido la gota que había colmado el vaso y que la había impulsado a salir a la calle con la cabeza bien alta. Ahora se encontraba en aquel restaurante situado al final de la calle. Llevaba una hora bebiendo té, calmándose e intentando dilucidar qué hacer.

«Esto es lo que me pasa por dejarme llevar por mis hormonas. Me encuentro en la otra punta del mundo con un hombre marimandón que se cree que me puede decir lo que tengo que hacer, que me trata como si fuera un juguete erótico y que me deja encerrada en su casa», se recriminó a sí misma.

De repente, se dio cuenta de que aquello no era cierto, de que lo que estaba en juego allí eran sus propios miedos, no el hecho de que Yuri quisiera controlarla. Él no estaba intentando cambiarla. Desde el principio, ella había aceptado lo que le había propuesto. Además, él la había aceptado tal y como era. De hecho, Rose tenía la sensación de que a Yuri le gustaba porque le presentaba batalla, algo que a ella le encantaba hacer.

En realidad, quería darle una oportunidad a toda aquella locura. El problema era que, para estar con aquel hombre, iba a tener que abrirse a la posibilidad de resultar herida, incluso a la posibilidad de enamorarse, a la posibilidad de perderlo.

«¿Solo tres segundos encima del toro, Rose?», le dijo una vocecilla en su interior.

Lo cierto era que tenía miedo. Lo que le estaba sucediendo en aquellos momentos de su vida no tenía nada que ver con lo que había vivido en Houston. Aquello iba mucho más allá, entroncaba con un miedo más profundo, aquel miedo que la había expuesto, precisamente, a un hombre como Bill Hilliger. Aquel miedo tan profundo era la muerte de su madre. Su padre había sufrido tanto que se había apartado de todo el mundo, que no había dejado espacio en su corazón para nadie, ni siquiera para su hija pequeña, que no tenía a nadie más. Rose había visto lo que sucedía cuando a una persona le arrebataban el amor y lo había experimentado en sus propias carnes, pues ella también había perdido a su madre. Por eso, le daba tanto miedo enamorarse. Por eso, había elegido a un hombre al que jamás amaría de verdad y, de paso, había idealizado el concepto de encontrar a su media naranja. ¡Incluso había montado una empresa basada en eso! Precisamente, por miedo necesitaba que su media naranja fuera un hombre perfecto. Si no, no estaba dispuesta a arriesgarse.

Y Yuri, desde luego, no era perfecto.

Pero era todo lo que ella siempre había querido, un hombre que la hacía sentirse como si caminara a varios centímetros del suelo y que la miraba como si hubiera sido creada especialmente para él, un hombre que parecía que apreciaba su fogosidad.

Rose se dijo que había veces en la vida en las que había que arriesgarse.

Yuri entró en el bar de su amigo Nik Stolypin, uno de los mejores locales de la ciudad. Al verlo, su viejo colega, se acercó a él y lo abrazó.

—Cuánto me alegro de tenerte de nuevo por aquí.

—Yo también me alegro de estar de vuelta —contestó Yuri devolviéndole el abrazo de oso.

—¿Café?

Yuri asintió y Nik le hizo una señal al empleado que había detrás de la barra.

—Vi el partido de anoche. Los Lobos arrasaron.

—Para eso fuimos.

—También me he enterado de lo de los Sazanov. Una pena.

Yuri se encogió de hombros mientras se quitaba el abrigo.

—Este bar está cada día mejor —comentó sinceramente.

—Este año voy a abrir otros cuatro —le confesó su amigo muy satisfecho—. Por cierto, me he enterado de que a los chicos no les hizo mucha gracia tener que volver a casa en un vuelo comercial en lugar de hacerlo en el avión privado —añadió mientras les servían los cafés.

—A la chica con la que he venido no le hubiera hecho gracia volver con todo el equipo. Así era más fácil.

—Uy, uy, uy, ¿quién es esa mujer tan importante?

–No es que sea importante, es que era más sencillo así –insistió Yuri.

–¿Quién es? –insistió su amigo a su vez–. ¿Por qué te pones tan misterioso?

Yuri no sabía por qué, pero no quería hablar de Rose con su mejor amigo.

–Se llama Rose.

–¿Rose? Es un nombre bonito aunque algo anticuado.

Anticuado, sí, cierto. Aquello hizo sonreír a Yuri.

–¿Es inglesa?

–Estadounidense, de Texas.

–¿Modelo?

–Celestina.

–Ya, claro.

Yuri se encogió de hombros y desvió la mirada hacia el partido que estaban retransmitiendo por televisión.

–¿Lo dices en serio?

–Tiene una agencia matrimonial –le explicó Yuri a su amigo–. Es un poco difícil de explicar.

–Lo estás haciendo muy bien. Me tienes de lo más intrigado, te lo aseguro. Así que Rose, una celestina de Texas que es un poco difícil de explicar. A este paso, vas a conseguir que me imagine a una mujer bajita y gorda con sombrero de flores.

–Más o menos.

–¿Vas a venir con ella a la fiesta de esta noche? ¿Dónde la tienes escondida?

Yuri se imaginó a Rose en el baño de espuma que le había comentado que se iba a dar y no pudo evitar sonreír. Aquella sonrisa lo delató.

–Está en tu casa, ¿verdad? –le preguntó Nik.

La rabia lo cegó y, sin saber lo que hacía, se puso en

pie y arrastró a su amigo contra la pared. Nik maldijo en voz alta y Yuri lo soltó, pero seguía enfadado. ¿Qué estaba haciendo? ¿Qué estaba haciendo con Rose?

—Perdón —se disculpó.

Nik estaba muy enfadado también y Yuri lo comprendía, pero, aun así, le hubiera gustado darle un puñetazo en la cara por lo que había dicho.

—¿Te han llegado las cuentas que te mandé? —le preguntó muy serio.

—Sí, ya las he mirado —contestó Yuri—. Habla con Oleg, él te dará más detalles.

Tras hablar un rato más de negocios, Nik que se había calmado, pero Yuri no se sentía bien.

—Tráete a esa chica... a Rose, esta noche, quiero conocerla —le dijo a Yuri mientras este se ponía el abrigo para irse.

—Quizás —contestó Yuri sin convencimiento.

Rose en su discoteca. Rose en su mundo. Rose viendo por fin quién era él en realidad y abandonándola... como a todas las demás. Al final, siempre era lo mismo. Iba espaciando las llamadas, dejaba de verlas tan a menudo e, irremediablemente, ellas le preguntaban si de verdad creía que lo suyo iba a algún sitio. Había oído tantas veces aquella pregunta que se encogía de hombros con maestría, lo hacía tan bien que parecía sincero. Luego, llegaba el abrazo formal de despedida y el regalarles una buena joya, que era lo que todas esperaban de él. La última ruptura había sido diferente. Tal vez, por eso, ella se había vengado de él en Internet.

Volvía a su hotel en Berlín tras haberse enterado de que Pavel Ignatieff, lo más parecido que jamás había tenido a un padre, tenía cáncer. Lo único que quería era que alguien lo consolara, una caricia, algo que lo ayudara a aceptar la conmoción y la tristeza, pero lo que se había encontrado había sido muy diferente: una chica enfadada porque su representante no le había conseguido la sesión de fotos que ella quería.

Yuri no estaba de humor para salir, así que había terminado su relación en aquel mismo momento y ahora lo estaba pagando con una publicidad que ni deseaba ni merecía porque no era cierto que fuera un hombre promiscuo. Tenía tantas mujeres a su alrededor porque tenía veintiocho años, se mantenía en forma, tenía mucho dinero y se movía en un sector por el que muchas mujeres guapas se sentían atraídas.

Aun así, llevaba meses sin estar con ninguna. La muerte de Ignatieff había sido un golpe durísimo para él y le había ayudado a poner en perspectiva a las mujeres con las que salía y el estilo de vida que llevaba.

Cuando salió a la calle, estaba nevando un poco. Tenía un coche esperándolo. Otro coche los seguía de cerca. Los días que había pasado en Toronto le habían sentado bien, pues allí no tenía que ser tan puntilloso con la seguridad. En Moscú, no podía ir a ningún sitio sin guardaespaldas armados.

Se sacó el teléfono móvil del bolsillo y sintió que se quedaba frío. ¿Por qué demonios no se lo habían dicho antes? Había dejado a un guardaespaldas a cargo de Rose y, por lo visto, había hecho bien, pues ella apenas había estado media hora en su casa, había salido a la calle y se había dirigido a la galería que había cerca, donde llevaba varias horas.

Sola.

Yuri maldijo en voz alta.

Capítulo 12

EL RESTAURANTE se sumió en el silencio. El murmullo general de las conversaciones se evaporó e incluso el ruido de los cubiertos, los vasos y los platos desapareció.

Rose elevó la mirada.

Yuri se había cambiado de ropa. Ahora, llevaba un traje que lo hacía parecer mayor, más serio e increíblemente sexy e iba hacia ella, cruzando el restaurante como si no existiera nadie más sobre la faz de la tierra.

Rose se irguió en su silla y sintió que el corazón comenzaba a latirle aceleradamente. Yuri no parecía muy contento. Bueno, a ella le daba igual porque ella tampoco estaba muy contenta. Al llegar a su mesa, Yuri plantó ambas manos en la superficie y la miró iracundo.

—No puedes salir de casa sin decirme adónde vas.

Rose dio un respingo.

—¿Me has entendido? —insistió sentándose frente a ella—. No puedes ir por ahí tú sola. En esta ciudad, no. Es muy peligroso.

—Este restaurante no tienes pinta de ser peligroso en absoluto —contestó Rose—. ¿Acaso ha habido un brote de salmonela y yo no me he enterado? —intentó bromear.

Yuri se sacó el teléfono móvil del bolsillo, buscó algo y lo colocó frente a ella. Rose miró la pantalla. Era una fotografía que les habían tomado en el aeropuerto.

No se había tapado bien la cara con el bolso y se la veía perfectamente.

Rose se quedó helada.

—Ahora, todo el mundo te conoce —le advirtió Yuri.

—¿Y esto lo van a ver en Estados Unidos? —le preguntó Rose temiendo cómo explicar aquello a su padre y a sus hermanos cuando ni siquiera lo entendía ella misma.

—Lo dudo mucho —contestó Yuri guardándose el teléfono—. Esto no es Toronto, Rose. Ahora estamos en Moscú y aquí tengo que llevar seguridad privada a todos lados. Sobre todo mientras estés tú aquí, así que, hasta que te vayas, mis guardaespaldas te acompañarán a todas partes.

Así que Yuri tenía fecha de salida para ella. Sí, las cosas tenían que ser así. Ella tenía que ocuparse de su empresa en Canadá, pero, de alguna manera, había esperado que Yuri le dijera que, como tenía avión privado, podría ir a verla los fines de semana.

Rose comprendió que aquello no iba a suceder.

—¿Lo entiendes? Cuando no estés conmigo, tienes que estar en algún sitio seguro —insistió Yuri mirándola de manera salvaje, bebiéndose su pelo, sus ojos, su boca y sus hombros.

«Está pensando en llevarme a la cama. Estaba sopesándome para ver si merece la pena todo esto», pensó Rose.

—Mientras estés conmigo, te tienes que comportar, Rose —le dijo él alargando los brazos sobre la mesa y tomándola de las manos—. No me vuelvas a dar ninguna de estas sorpresitas, ¿de acuerdo?

Había bajado la voz a un nivel más íntimo y le estaba acariciando las muñecas con las yemas de los dedos pulgares, una caricia que estaba haciendo que Rose se sintiera excitada, triste y enfadada a la vez.

–No queremos que vuelvan a publicar fotografías tuyas –continuó Yuri–. Prométemelo. Hazlo por mí.

Rose retiró las manos. Se sentía desfallecida. Había vivido cuatro años de su vida completamente controlada y vigilada, dejando que otras personas tomaran decisiones por ella y había aprendido que no quería volver a vivir algo así. Por nadie. Ni siquiera por un ruso guapísimo que la hacía desear cosas que no eran para ella.

Rose dejó la servilleta sobre la mesa y se puso en pie.

–Me quiero ir a casa, por favor.

Y no se refería al piso de Yuri, que la miró enfadado y frustrado.

–*Da*, sí, ya nos vamos –murmuró como si acabara de tomar una decisión.

A continuación, se puso en pie y dejó varios billetes en la mesa por valor de cinco veces más de lo que Rose había consumido. A ella le entraron ganas de gritarle que no le iba a permitir que jugara con ella, pero lo cierto era que no se quería ir a casa, la verdad era que quería darle una oportunidad a todo aquello...

Y, de repente, se le ocurrió que Yuri podía ser mucho más importante que Bill Hilliger y toda su familia, pero no se había dado cuenta hasta ahora. El tiempo que había estado con Bill, la habían hecho sentirse una paleta, algo que Yuri nunca había hecho.

La última vez que habían estado juntos en un restaurante lo había dejado plantado, no le había concedido el beneficio de la duda y se había equivocado.

¿Se estaría equivocando también ahora?

Lo miró, estaba confusa, intentando poner orden en los sentimientos que la habían marcado a raíz de su estancia en Houston y compararlos con los nuevos, los que había comenzado a albergar por Yuri en los últimos días. ¿Estaba dispuesta a arriesgar su corazón? ¿Merecía Yuri la pena?

—Te voy a proponer una cosa —anunció Yuri, que había decidido que Rose no era la chica que él había creído, la única con la que no se había aburrido, sino una diva más que estaba acostumbrada a salirse siempre con la suya—. Voy a abrir una discoteca en Mónaco la semana que viene. Podríamos ir allí y, luego, te llevo a Toronto.

Parecía aburrido. Estaba aburrido. Aquel plan le aburría. Lo había hecho cientos de veces con otras mujeres.

—¿Mónaco? —repitió Rose sorprendida—. Eso suena de lo más... elegante.

De repente, le entraron ganas de llorar. Pero ¿qué esperaba? ¿Que aquello fuera diferente? ¿Con un hombre como Yuri? ¿Acaso había creído por un momento que, de verdad, quería salir con ella, establecer una relación?

—*Da*, podrás salir de compras, iremos al casino... ya verás qué divertido.

A Rose no le parecía divertido en absoluto, sino el plan de un hombre para tenerla controlada. La imagen que se había construido de él se evaporó. Su padre y sus hermanos, que la adoraban, la habían tenido vigilada toda la vida, había desperdiciado cuatro años con un hombre que la controlaba y le minaba la autoestima y no pensaba desperdiciar ni cinco minutos más con otro al que hacía tres días que conocía y que claramente no tenía ningún interés en conocerla de verdad.

Yuri la tomó del codo de manera impersonal y la guio hasta la calle. La gente los miraba. Bueno, más bien, lo miraban a él.

Rose tenía muy claro que no iba a ir a Mónaco con él, pero, cuando Yuri la ayudó a ponerse el abrigo, la giró hacia él y comenzó a abotonárselo, Rose sintió la pena invadiéndola, pena de que algo que todavía no había comenzado ya hubiera terminado.

El deseo sexual que sentía por aquel hombre era brutal.

Aquello la hizo acordarse de Bill, que siempre le había dicho que era salvaje e incontrolable. En aquellos momentos se sentía, más bien, asustada y frustrada por la intensidad de aquellos sentimientos. De repente, la necesidad de poner distancia física entre ellos fue tan fuerte que se apartó de Yuri y salió del edificio.

Yuri maldijo y la siguió muy enfadado. No estaba acostumbrado a que lo trataran así. De repente comprendió lo que era evidente, que Rose tampoco estaba acostumbrada a que la trataran como él la estaba tratando.

Lo suyo era imposible.

La tenía que mandar a casa cuanto antes.

Lo suyo había terminado.

Yuri vio el coche en cuanto salieron a la calle. Un Mercedes clase S de ventanas tintadas parado junto al bordillo con el motor encendido.

Sabía perfectamente lo que tenía que hacer, pero estaba nervioso porque a Rose no le iba a gustar. Se le había adelantado, caminaba a grandes zancadas para poner distancia entre ellos y todo sucedió muy rápido. El coche aceleró, frenó en seco y tres hombres salieron de él y se plantaron delante de ella.

Todos llevaban trajes buenos y le sonrieron, pero Rose dio varios pasos atrás, giró la cabeza y lo buscó con la mirada.

Yuri llegó a su lado y se puso delante para protegerla.

–¿Qué tal, chicos? ¿Os habéis perdido?

–Ya sabes cómo soy, Kuragin, siempre en busca de nuevas aventuras –contestó Ivan Gorkov mirando a

Rose de arriba abajo–. Tienes que tener más cuidado con lo tuyo. No te quiero ni decir lo que podría suceder si no solucionamos nuestro problemilla.

–Nuestro problemilla ya está solucionado, Gorkov. De manera legal y clara. Si no te has quedado contento, siempre puedes volver a denunciarnos y nos volveremos a ver en los tribunales.

Yuri sabía que su equipo de seguridad no tardaría más que unos segundos en llegar y también sabía cómo enfrentarse a un tipo como Gorkov: encararse con él era lo más sencillo. Sentía a Rose muy cerca de él y, por supuesto, no cometió el error de mirarla. Para aquellos tipos, Rose no era más que una mujer cualquiera que pasaba por allí y no quería que fuera nada más.

Al ver que uno de los hombres de Gorkov se acercaba a él, Yuri dio un paso al frente, consciente de que debía conseguir que no se fijaran en ella. Lo mejor era intimidarlos. Gorkov era miembro de la mafia local y quería hacerse con las discotecas de Moscú. Había intentado en varias ocasiones hacerse con la seguridad de los bares y las discotecas que Yuri había abierto en la ciudad. Aquella misma mañana, una empresa de seguridad legal había anunciado que había ganado el contrato. Gorkov debía de creer que, si le metía el miedo en el cuerpo, Yuri haría que las cosas cambiaran.

Rose no se podía creer lo que estaba sucediendo. Yuri le estaba sonriendo al hombre que lo estaba amenazando mientras se burlaba del más bajito, que evidentemente era el jefe. Vio cómo apretaba los puños y se ponía en guardia y, acto seguido, le hizo una señal con la mano al guardaespaldas agresivo como diciéndole que se atreviera con él.

«No, Yuri», pensó desesperada.

Entonces, recordó todo lo que Yuri le acababa de decir. «No puedes ir por ahí tú sola. En esta ciudad, no.

Es muy peligroso». Y comprendió el terrible error que había cometido.

Siguió observando a los hombres, que se movían en círculo. Había algo animal en todos ellos y Rose sintió que la sangre se le helaba en las venas, pero, al ver cómo se las ingeniaba Yuri, comprendió que era perfectamente capaz de lidiar con aquella situación. Algo les dijo en ruso, con las mandíbulas apretadas y mirándolos con odio, algo que debió de ser muy fuerte porque los contrincantes se metieron en el coche y se fueron.

Yuri se giró entonces hacia ella. Rose no se movió ni un milímetro, pues le temblaban las piernas y la verdad era que no sabía qué hacer.

«Esto podría haber terminado mucho peor. Le tendría que haber hecho caso», se dijo.

Yuri, que se había sacado el teléfono móvil del bolsillo y estaba gritándole a alguien, fue hacia ella, le pasó el brazo por los hombros y la atrajo contra su cuerpo. Rose se apretó contra él y sintió su cuerpo, sólido, cálido y muy masculino, un cuerpo que todavía estaba segregando testosterona aunque ya estaban a salvo.

–Yuri...

–*Nichivo* –dijo él dando por terminada la conversación telefónica.

Había denunciado lo ocurrido a la policía y ahora podía dedicarle toda la atención a Rose. Sabía que lo que acababa de presenciar le habría parecido peligroso y confuso. A lo mejor, tenía preguntas, pero lo que estaba claro era que necesitaba consuelo, palabras cariñosas y protección. Yuri le podía ofrecer protección, pero no tenía palabras cariñosas para ella. Lo único que tenía era sangre en la cabeza y en la entrepierna. Estaba decidido acostarse con ella y le importaba bastante poco lo que ella opinara al respecto.

Rose se mordió el labio inferior. Yuri debía de creer que era estúpida.

—Yuri, yo...

—Rose —la interrumpió él inclinándose sobre ella y besándola.

Lo estaba haciendo de una manera fuerte y exigente. Estaba tomando de ella lo que necesitaba. Su vida era mucho más dura de lo que Rose había imaginado íntimamente y supo que Yuri necesitaba algo que lo calmara, algo que solo le podía dar una mujer y, en aquellos momentos, ella se sentía más mujer que nunca porque Yuri la necesitaba.

Intentó besarlo, pero él se apartó y Rose recordó que estaban en medio de la calle, pero pronto se olvidó porque vio que Yuri estaba temblando.

—¿Estás bien?

Aquello hizo que Yuri se riera, la tomara con fuerza de las caderas y se apretara contra ella. Rose sintió su erección a pesar del abrigo. Tal vez, debería haberse sentido ofendida ante un gesto como aquel en mitad de la calle, pero el hecho de que Yuri estuviera excitado la excitaba a ella también.

El mensaje que Yuri le estaba enviando era muy claro. Ahora, todo dependía de ella y Rose tenía muy claro lo que quería.

Capítulo 13

ROSE creía que había tomado la decisión en la calle, pero se dio cuenta de que no era verdad cuando Yuri, al llegar a casa, le desabrochó el abrigo en el vestíbulo y ella sacó un brazo y luego el otro. En realidad, había tomado la decisión en el mismo instante en el que sus ojos se habían posado sobre él en la conferencia de prensa en Toronto.

Mientras ella le ayudaba a quitarse el abrigo a él, no dejó de mirarlo a los ojos ni una sola vez. Recordaba muy bien lo que acababa de pasar en la calle y no pudo evitar preguntarse quién era aquel hombre en realidad.

Lo cierto era que tenía muchas preguntas...

Como si le leyera el pensamiento, Yuri le tapó la boca con un beso para que no pudiera realizarlas en aquel momento, la envolvió entre sus brazos y Rose se encontró atrapada. De nuevo, era él quien tenía las riendas de la situación.

Rose no se había sentido tan excitada en su vida. Los hombres con los que había salido en otras ocasiones, siempre le habían preguntado si podían besarla. A veces, había dicho que sí y, de vez en cuando, que no. Siempre había sido todo muy civilizado y siempre había tenido ella el mando de la situación.

Sin embargo, Yuri se apoderó de sus labios y la besó con pasión como si, al igual que ella, llevara días soñando con aquel momento.

El deseo explotó entre ellos en una reacción en cadena. Rose sentía la intensidad erótica del momento con total claridad. Yuri tenía una mano en su cadera y la mantenía apretada contra él mientras que con la otra le acariciaba el pelo, la agarraba de la nuca y la besaba. Ningún hombre la había besado jamás como él, obligándola casi a abrir la boca, forzándola a aceptarlo, tomando lo que quería.

Yuri era consciente de que la estaba apretando demasiado, suponía que incluso podría estar haciéndole un poco de daño, pero no podía evitarlo, necesitaba sentirla muy cerca. Oía sus gemidos e intentó no pensar que Rose estaría pensando que era un bruto, pero ¿qué podía hacer? Ya había visto la brutalidad que existía en otros aspectos de su vida y ahora iba a comprender qué significaba estar con un tipo como él.

Con una mano le fue desabrochando los botones de la chaqueta de lana y solo paró de besarla para apreciar su escote y el encaje negro del sujetador. Evidentemente, se lo había puesto para él... antes de la discusión en el restaurante, antes de huir de él y de salir a la calle, antes de descubrir la verdad.

Rose le puso las manos en el pecho y se estremeció de pies a cabeza mientras lo miraba con cautela. Yuri tuvo la sensación de que lo había estropeado todo, de que se iba a echar atrás. Evidentemente, la fachada de lujo y dinero no compensaba sus orígenes. Evidentemente, no iba a permitir que un chico de la calle de Udilsk la tocara.

Rose alargó el brazo y le acarició la mejilla mientras el pelo le caía sobre la mitad de la cara. Yuri recordó entonces que la primera vez que la había visto había pensado en una virgen del Renacimiento, pero la Rose que tenía ante sí en aquellos momentos era mucho más real y el fuego que la quemaba por dentro agudizaba sus rasgos y hacía que sus ojos azules lo miraran con más intensidad.

Rose se puso de puntillas y lo besó. Yuri sintió sus labios, suaves como pétalos de rosa, y sus ojos, que no dejaban de mirarlo, instándolo a ir despacio.

Yuri dejó de moverse, dejó de respirar.

Rose sabía ahora que aquel hombre jamás le había mentido, que siempre le había dicho la verdad; que lo único que había querido desde el principio había sido protegerla y estaba desesperada por darle algo a cambio. Por lo que sabía de él y lo que había visto de su vida hasta entonces, decidió que lo que le faltaba a aquel hombre era ternura y que ella se la podía dar.

Aquello la hizo sonreír de manera sensual y volvió a besarlo. En esta ocasión, cerró los ojos mientras le tomaba el rostro entre las dos manos. Sintió cómo Yuri se dejaba caer contra ella, un gesto que no le pasó desapercibido. Rose podía sentir el deseo corriéndole por las venas. Ningún hombre la había deseado nunca así. Abrió los ojos y vio al animal salvaje que la estaba mirando.

–¿Adónde vamos? –le preguntó.

Yuri la tomó en brazos y la llevó al piso de arriba. Rose le pasó los brazos por el cuello. Yuri sentía el calor que emanaba de su cuerpo y las curvas de su gloriosa feminidad.

Él vivía arriba porque le resultaba más sencillo y más cómodo. Vio cómo Rose se fijaba en todo, en la mesa de billar, en las consolas, en la pantalla de cine, en los enormes sofás y en las vitrinas llenas de trofeos de deporte. A Yuri se le antojó que, de repente, pesaba más y supuso que era porque se había relajado. Era la primera vez que permitía que una mujer subiera allí. Se preguntó qué estaría pensando Rose.

Abrió la puerta de su dormitorio, siempre con el temor de que Rose se echara atrás en cualquier momento y le exigiera que la llevara al aeropuerto. La dejó en el suelo y ella no hizo nada de lo que él temía, sino que comenzó a desabrocharle la camisa con manos temblorosas, lo que no hizo sino excitar todavía más a Yuri, que no pudo aguantar más y comenzó a desabrocharse la camisa a toda velocidad. A continuación, despojó a Rose de su chaqueta y suspiró más tranquilo cuando sus cuerpos casi desnudos se encontraron.

Entonces, volvió a tomarla en brazos y la condujo a la cama sin dejar de besarla ni un solo momento. Una vez allí, la liberó de la falda y las medias en un rápido movimiento. Rose se quedó de rodillas sobre la cama, mirándolo confusa, con los labios entreabiertos. Solo llevaba puesto el sujetador y las braguitas y resultaba tan erótica que Yuri estuvo a punto de terminar antes de haber empezado. Aparentemente ignorante del efecto que tenía sobre él, Rose alargó la mano y comenzó a desabrocharle los botones del pantalón, pero Yuri volvió a hacerse cargo de la tarea porque lo único que le importaba en aquellos momentos era deshacerse de los pantalones y los calzoncillos y poder ponerse un preservativo antes de que ocurriera una desgracia.

Rose emitió un gemido cuando Yuri se tumbó sobre ella. La obligó a caer sobre la cama, lo miró con los ojos muy abiertos y Yuri pensó que estaba un poco nerviosa. Sin mediar palabra, le quitó las braguitas. Tal vez, debería decir algo, pero encontró la piel del interior de sus muslos y no pudo articular ninguna. Sus dedos se perdieron entre su vello púbico y Rose gimió.

Yuri murmuró algo confuso mientras exploraba aquel lugar sagrado y dos de sus dedos encontraban el centro de placer femenino. Entonces, la yema de su dedo pulgar comenzó a jugar con su clítoris, Rose cerró los ojos, arqueó la espalda y Yuri se quedó escuchándola gemir.

No podía más.

Rose elevó las caderas de manera instintiva y Yuri

decidió que había llegado el momento, así que se colocó entre sus piernas y exploró su calor con su glande antes de introducirse en su cuerpo. No pudo darle tiempo a que se acostumbrara a su miembro porque, sencillamente, no podía, necesitaba hacerla suya cuanto antes.

Rose tomó aire profundamente y durante unos segundos la presión se le antojó demasiada. Se movió para ver si conseguía que Yuri saliera un poco, pero, en aquel momento, todo cambió. La presión que estaba sintiendo se tornó un placer tan intenso que la hizo gritar. Yuri se apoderó de su boca y comenzó a moverse lentamente en su interior.

«Oh, Dios mío...».

El placer se fue haciendo cada vez más intenso hasta que Rose sintió con convencimiento que todas y cada una de las terminaciones nerviosas de su cuerpo lo estaban sintiendo. No contenta con eso, comenzó a moverse al mismo ritmo que él, mostrándole lo que necesitaba y descubriéndolo ella al mismo tiempo. Más, definitivamente, necesitaba más y así se lo hizo saber.

Yuri siguió moviéndose, cada vez más deprisa, sentía las uñas de Rose en la espalda, sobre los músculos y guio sus piernas para que lo abrazara de la cintura. La presión se fue haciendo cada vez más fuerte, Rose solo podía gemir mientras su cuerpo actuaba por iniciativa propia. Yuri embestía cada vez más fuerte y más rápido y le hacía tener sensaciones jamás soñadas... hasta que sucedió lo inevitable. Yuri echó la cabeza hacia atrás, Rose se fijó en los músculos de los brazos que parecía que le iban a estallar, escuchó cómo gritaba su nombre y lo vio dejarse caer con el cuello hacia delante mientras todavía sentía su erección pulsando dentro de ella.

Rose lo abrazó cuando Yuri se desplomó sobre ella con la respiración entrecortada. Su peso, el olor a hombre, a sudor limpio y a sexo que se mezclaba con el de la ropa blanca de la cama... inhaló para absorber su vulnerabilidad en aquel momento y lo abrazó con más fuerza. Se quedaron en silencio durante un buen rato, dejando que sus respiraciones volvieran a la normalidad.

—¿Es siempre así? –murmuró Rose.

—¿Moscú? –rio Yuri–. No, no siempre es así.

—No, me refería a esto, a lo que acaba de suceder entre nosotros.

—No –contestó Yuri riéndose–. Desde luego, esto no siempre es así.

—Creía que te había perdido –confesó Rose.

—No, claro que no.

—Creía que estabas intentando controlarme –continuó.

—*Nyet*, estaba intentando protegerte.

«A cualquier otra mujer estas palabras le habrían parecido mágicas», pensó Rose.

—Igual que mi padre y que mis hermanos –recapacitó en voz alta dándose cuenta mientras lo decía de que Yuri había intentado protegerla de fuerzas externas, igual que sus hermanos, no manipularla como Bill, que era débil y no aceptaba la fuerza de la mujer que tenía a su lado–. No, no es verdad, tú no eres así.

—Tú eres mi mujer, es diferente –le aseguró Yuri tomándola del mentón y mirándola a los ojos.

Rose comprendió que aquel hombre la entendía de verdad. Jamás había sido la mujer de ningún hombre. Había sido la hija, la hermana, la novia, la prometida, la amiga, pero jamás la mujer de un hombre y claro que era diferente.

—Hoy me he dado cuenta de que eres perfectamente capaz de cuidar de ti tú solita –admitió Yuri sonriendo.

—¿De qué más te has dado cuenta hoy? –quiso saber Rose sintiendo que el corazón le explotaba de alegría.

—De que no te voy a volver a invitar a cenar por ahí

porque siempre que te llevo a un restaurante, *malenki*, acabas yéndote de mala manera.

–Cierto –admitió Rose riéndose mientras le acariciaba el pecho.

–Te vas a tener que acostumbrar al equipo de seguridad –le dijo temiendo su reacción.

Rose suspiró y se apretó contra él. Lo cierto era que no le importaba en absoluto que el equipo de seguridad la protegiera de hombres tan agresivos como los que se habían encontrado a la salida del restaurante y, entonces, se dio cuenta de que tampoco iba a tener mucho tiempo para acostumbrarse a nada. Ambos sabían que se iría el lunes. Se mojó los labios y buscó las palabras, pero no las encontró. Aun así, estaba decidida a no tirar la toalla porque quería que aquello saliera bien.

Yuri la estaba mirando atentamente.

–¿*Malenki*?

–Dime, vaquero.

–¿Te he dicho alguna vez que el día que me escribiste tu número de teléfono en la palma de la mano fue mi día de suerte?

–Creo que lo acabas de hacer –contestó Rose teniendo la sensación de que Yuri no estaba acostumbrado a hablar de aquella manera tan íntima con ninguna mujer.

Lo cierto era que ella tampoco estaba acostumbrada. ¿Tendría, entonces, futuro su relación? Rose suspiró cuando sintió las manos de Yuri acariciándole un pecho, jugueteando con uno de sus pezones a través del encaje del sujetador. A continuación, siguió la estela de sus dedos con la boca, mordisqueó la cresta sonrosada y comenzó a desabrocharle el sujetador. Rose supuso que las mujeres con las que se solía acostar no necesitarían tanta sujeción como ella y se sintió desvalida, pero, cuando Yuri apartó la tela, su mirada le dejó claro todo lo que quería saber porque no le estaba mirando a los pechos, sino a los ojos.

En la ducha, el agua caliente recorría su cuerpo de odalisca. Yuri sabía muy bien lo que hacía y Rose se entregó a él con tanto deseo como el que él sentía por ella. Por primera vez desde que había llegado a Moscú hacía diez años, Yuri se sentía bien, había recuperado la naturalidad.

Rose volvió a la cama con el pelo mojado, se tumbó junto a Yuri y se quedó dormida inmediatamente. Yuri se quedó observándola un rato, luego se tumbó a su lado y la abrazó para que durmiera tranquila aunque sabía que no la había protegido bien.

Por mucho que se repetía una y otra vez que lo que había sucedido aquel día no había sido para tanto, sabía que habían corrido peligro real. Aquello le hizo comprender que, por mucho que se empeñara en que su equipo de seguridad los protegiera, siempre iba a haber cierto peligro en aquella ciudad porque tenía enemigos.

Suponía que Rose no tardaría mucho en comprender que aquel no era su sitio. Yuri sintió que un escalofrío lo recorría. Donde verdaderamente estaba a salvo era en Toronto. La verdad era que aquella ciudad era muy segura. Yuri recordó a sus vecinos, el cariño que habían demostrado por ella, que Rose dejaba la puerta de su casa abierta mientras hacía la limpieza...

Yuri sabía que en Moscú era imposible hacer algo así y en aquellos momentos tenía entre sus brazos a una mujer que lo derretía. Sí, esa era la verdad. Era la primera vez que le ocurría en su vida y no sabía qué hacer.

Capítulo 14

ROSE abrió los ojos, se irguió y bostezó. Al ver a Yuri mirándola desde los pies de la cama, se le abrieron los ojos como platos. Solo llevaba unos pantalones de deporte. Cuánto músculo, qué cuerpazo, qué placer despertarse y ver aquello.

Rose sonrió encantada mientras se estiraba. Al hacerlo, la sábana se le bajó hasta la cintura.

«Con esto será suficiente», pensó.

–Pollo, ensalada, pan, queso y fruta –anunció Yuri colocando ante ella una bandeja como si fuera una ofrenda para una diosa–. Y, por supuesto, tarta de arándanos al estilo de Texas.

Finalmente, la comida le interesó más que el sexo, así que se arrodilló envuelta en la sábana e inspeccionó la bandeja. Mientras tanto, Yuri abrió una botella de champán y ella preparó los platos y los cubiertos. A continuación, Yuri se apoyó en el cabecero y Rose se instaló en su regazo. Así, comieron ambos del mismo plato tras haber brindado.

–Yuri, ¿qué te pasó? –le preguntó Rose.

–¿Qué quieres decir?

–¿Cómo llegaste aquí desde los Urales?

Todo estaba a punto de saltar por los aires. Yuri deseó poder contarle una historia romántica, pero lo único que podía hacer era contarle la verdad. Era quien era y nunca se lo había ocultado a nadie, así que no estaba dispuesto a hacerlo ahora.

—Ganando al póquer —contestó.

—¿Eres inmensamente rico porque juegas al póquer?

—No, con el dinero que gané me compré un billete de tren y me vine a Moscú. Trabajé en todo tipo de cosas. Sobre todo, en seguridad hasta que tuve un encontronazo con el ejército. Entonces, lo dejé, estudié Económicas en la universidad mientras trabajaba por las noches como portero de discoteca —confesó Yuri viendo la sorpresa reflejada en el rostro de Rose—. Me di cuenta de que el hombre para el que trabajaba no sabía cómo convertir un copec en un rublo y aun así le iba bien, así que abrí mi propio sitio en un barrio modesto que sabía que se iba a poner de moda y, desde ahí, comencé a expandir el negocio.

—¿Cómo sabías que ese barrio modesto se iba a poner de moda? —quiso saber Rose.

—Porque yo vivía allí —admitió Yuri.

—Ah —contestó Rose intentando imaginarse a Yuri sin la opulencia que lo rodeaba—. Pues te ha ido muy bien, ¿no?

—El capitalismo y el libre mercado me han favorecido mucho —contestó Yuri acariciándole el pelo—. De no haber sido por estas oportunidades, seguiría siendo un chico de montaña que juega al hockey en invierno y al fútbol en verano.

—Me gusta esa imagen. Mis hermanos siempre querían que jugara con ellos y que practicara los deportes que ellos practicaban, pero yo quería cosas de niñas —se quejó Rose.

Yuri se la imaginó de pequeña y decidió que quería saber cosas de su vida. Además, así, dejaban de hablar de él.

—Háblame de tus hermanos.

—Se llaman Cal, Boyd, Brick y Jackson. Jackson me saca tres años y los demás son mayores.

–Creo que empiezo a comprender por qué tienes el carácter que tienes. Fue una necesidad.

–Sí, desde pequeña aprendí a poner los límites, pero ellos nunca dejaron de intentar manipularme. A medida que me iba haciendo mayor, cada vez era más complicado no permitir que me pisotearan. ¿Sabes que no tuve novio hasta que no fui a la universidad?

Yuri sonrió encantado.

–No me digas.

–Lo primero que hice cuando llegué a Houston fue conocer a los jugadores del equipo de fútbol americano y comenzar a salir con un quarterback.

Yuri apretó los dientes.

–Pero Boyd, que estudiaba en la misma universidad que yo y también jugaba al fútbol americano, le dijo que, si lo veía conmigo, lo echaría del equipo y como el entrenador era amigo de la familia...

–Adiós al quarterback –concluyó Yuri con satisfacción.

–Si hubiera tenido un desarrollo romántico más normal, supongo que no tendría que haberme puesto a salir con Bill –recapacitó Rose.

–Así que, cuando reaccionas exageradamente conmigo, es porque crees que yo también estaba intentando controlarte –recapacitó Yuri–. Ahora entiendo que no te gustara.

–Se suponía que yo era especial para él y que yo debía ser lo primero en su vida, pero era lo último –confesó Rose–. Me he pasado la adolescencia buscándole pareja a todo el mundo, viendo cómo otras chicas se enamoraban. Yo también quería eso, pero tuve que comenzar a salir con Bill a escondidas de mi familia. Para cuando me di cuenta de que había sido un error, ya era demasiado tarde. Yo misma había caído en la trampa y pensé que no había salida. Estaba prometida y me educaron para cumplir mis promesas –recordó–. Todo esto te debe de parecer una locura.

–Me parece muy noble por tu parte. Recuerda que eras muy joven. Yo también vengo de un sitio pequeño y sé lo que eso significa.

–Sí, menos mal que ya no soy aquella chica –suspiró Rose.

–Aquella chica fiera, de voluntad resuelta, mi tejana pura y dura –sonrió Yuri besándola.

–Era así antes de conocer a Bill y, de repente, ya no pude seguir siéndolo. Me presionaron demasiado para cambiarme. Al final, huí.

–¿Huiste?

–Sí, al refugio en el que trabajaba como voluntaria. Allí me ayudaron a organizarme para poder irme de Houston.

–Pero no volviste a Fidelity Falls, ¿no?

–No, me daba vergüenza.

Yuri maldijo en ruso y la volvió a besar en la sien.

–Fue horrible, pero ya pasó –sonrió Rose–. Háblame de tu familia.

–Solo tengo a mis abuelos –contestó Yuri.

–¿Siguen vivos? ¿Los sigues viendo?

–Voy a verlos siempre que puedo. Los Lobos tienen base allí –contestó Yuri–. En realidad, voy a ver sus tumbas porque ya han muerto los dos –confesó.

Le hubiera gustado no decir aquello último, pero Rose lo miraba con tanto cariño...

–¿Vivieron lo suficiente como para verte convertido en lo que eres hoy en día?

–*Nyet*.

Rose había apoyado la cabeza en su hombro y lo escuchaba con atención. Yuri percibía su interés. ¿Qué daño podía hacerle contarle más cosas?

–Mi abuelo nació y vivió bajo otro régimen, luchó en

la Segunda Guerra Mundial, lo que lo dejó completamente destrozado. Eran muy pobres. Mi abuelo no podía trabajar, así que era mi abuela la que se encargaba de todo. Mi madre se fue de allí con dieciséis años y volvió un año después, embarazada y desesperada. Sus padres la dejaron quedarse... yo apenas la veía, nunca estaba en casa. Estaba... trabajando.

—Debía de quererte mucho para hacer tantos sacrificios por ti —comentó Rose con prudencia, pues se había dado cuenta de que el tono de Yuri había bajado.

—*Da*... sacrificios —se rio con amargura—. Era una borracha, Rose. Trabajaba mucho, sí, pero se lo gastaba todo en bebida.

—Sus razones tendría —contestó Rose acariciándole la mandíbula—. Seguro que te quería mucho.

—Claro que tenía sus razones, le gustaba mucho el sabor del vodka.

—No lo dices en serio.

Yuri la miró a los ojos y se encogió de hombros.

—Ahora, ya da igual. Bebió tanto que murió de cirrosis cuando yo tenía quince años. Si hubieras conocido a mi abuela, lo habrías entendido. En mi casa, había una esquina llena de iconos donde se rezaba. Mi abuela se arrodillaba allí todas las noches y le pedía a Dios que se llevara al demonio de su casa.

Rose se estremeció y, al ver que Yuri no podía reprimir el dolor de su rostro, le acarició la mejilla.

—Lo siento —dijo él—. No quiero disgustarte.

Pero Rose comprendió que aquel hombre necesitaba algo más de ella. Se dijo que debía ir con cuidado porque Yuri no estaba acostumbrado a hablar de sí mismo de aquella manera. Rose había crecido rodeada de hombres taciturnos que apretaban los dientes y seguían adelante a pesar de que la vida les diera duros golpes. Yuri Kuragin era ruso, pero bien podría haber sido un vaquero texano.

—Así que tu abuela era religiosa...

—Era una fanática.

—¿Por qué creía que el demonio había entrado en su casa? –le preguntó con prudencia.

—El demonio era yo –confesó Yuri mirándola a los ojos–. Cuando terminaba de rezar, agarraba la escoba y me pegaba con ella.

—¿Te pegaba? –se sorprendió Rose.

—Sí, pero no te preocupes demasiado –contestó Yuri intentando sonreír–. Yo tampoco estaba mucho tiempo en casa, así que no sucedía muy a menudo.

—¿Cuántos años tenías? –murmuró Rose.

Yuri vio el horror dibujado en su rostro y se preguntó qué demonios estaba haciendo. ¿Qué pretendía que le diera aquella chica? ¿Consuelo?

—¿Y cuando no estabas en casa dónde estabas? –quiso saber Rose.

«En una banda, haciendo trapicheos para el jefecillo local».

—En la calle, metiéndome en líos.

Rose lo miró preocupada y Yuri maldijo para sus adentros. No quería que se preocupara y tampoco quería que se compadeciera de él.

—Yo era un chiquillo muy duro, Rose y, además, el entrenador de hockey se dio cuenta de que se me daba bien, me metió en la liga y me sacó de la calle. Me salvó la vida.

—¿Jugaste en los Lobos?

—Así es.

—Así que son como tu familia...

—Más o menos –contestó Yuri encogiéndose de hombros.

—¿Y cómo pasaste de ser un chico de la calle a millonario?

Yuri se dio cuenta de que Rose ya no parecía preocupada y respiró aliviado. A partir de ahí, podía contarle la versión oficial, la versión que le contaba a todo el mundo, pero le contó la verdad.

–Dejé embarazada a una chica cuando tenía diecisiete años. Estaba dispuesto a casarme con ella. En aquel entonces, trabajaba en la mina. Pero ella era más lista que yo e insistió en que nos viniéramos a Moscú. A mí me pareció buena idea. Pensé que podría hacer por mi hijo lo que mi padre jamás había hecho por mí, pero resultó que ella lo único que quería era que alguien le pagara el billete para llegar hasta aquí porque aquí había otro chico esperándola. Ni siquiera estaba embarazada.

–¿Y qué hiciste?

–Me quedé porque no tenía nada que me impulsara a volver. Me quedé y me construí esta vida para mí.

–Te entiendo. Hiciste lo único que podías hacer –murmuró Rose sinceramente.

Cuando ella se había ido de Houston había tenido muy claro que no podía volver a Fidelity Falls. Los cuatro años que había pasado con Bill le habían arrebatado aquella posibilidad. La habían cambiado y no podía volver atrás.

Rose puso las manos sobre los hombros de Yuri y lo besó en la boca dándole a entender de la única manera que sabía que le comprendía perfectamente. No fue un beso de compasión como los anteriores, sino algo más profundo que hizo que Yuri la agarrara de la cabeza y la besara también. A continuación, se tumbó sobre ella y entonces sintió la fuerza de lo que Rose le estaba transmitiendo. Aquello no era solamente sexo. No lo era para ella y, desde luego, tampoco para él.

Si lo hubiera sido, habrían compartido cama hasta el domingo y, luego, si te he visto, no me acuerdo, pero Rose se había quedado dormida en sus brazos, habían comido en la cama, Rose le había preguntado por su madre y sus abuelos y él había contestado, le había contado cosas que nunca le había revelado a nadie y ahora lo estaba besando y él la estaba besando a ella y no era un preludio de una sesión sexual, aunque todo parecía indicar que iban a terminar así, sino que les apetecía compartir sus sentimientos.

Yuri se miró en los enormes ojos azules de Rose y la abrazó como si fuera una niña, como si la estuviera acunando, algo que nunca había hecho antes. Se fijó en su pelo oscuro, que enmarcaba aquel rostro que tanto le gustaba y se preguntó qué habría hecho para merecer algo tan maravilloso.

«Nada, no te mereces nada», pensó.

Cuanto antes volviera al patrón básico, mejor, antes de que dijera o hiciera algo de lo que pudiera arrepentirse. Aquello hizo que Yuri se sentara y soltara a Rose, que no pareció disgustarse, pero que lo miró con curiosidad.

–¿Qué ocurre? –le preguntó.

Yuri se obligó a pensar con rapidez.

–Esta noche tenemos una fiesta –improvisó–. ¿Qué te parece si te presento a lo mejorcito de la noche moscovita? –añadió levantándose de la cama, decidido a romper aquel vínculo mezclándose con mucha gente en un sitio con mucho ruido.

A ver si así recordaba quién era y lo que aquella chica hacía en su casa. Rose no contestó. No parecía enfadada ni herida ni siquiera confundida. De hecho, se estaba estirando en la cama, lo que resultaba increíblemente sexy, y mirándolo de una manera que hizo que a Yuri se le endureciera la entrepierna.

–¿Qué tipo de fiesta?

–La fiesta de inauguración de una de mis nuevas discotecas –contestó Yuri obligándose a sonreír y a poner aquella mirada que sabía que a otras mujeres les resultaba irresistible.

—Supongo que no estoy acostumbrada a ese tipo de discotecas —comentó Rose.

—Te va a encantar. Será como un circo.

—Ah, bueno, perfecto porque el circo me encanta —contestó Rose sonriendo también.

—Estupendo. Entonces, voy a hacer un par de llamadas para organizártelo todo.

—¿A mí?

—Sí, ya sabes, vestido, peluquería... no lo digo porque no me guste cómo tienes el pelo ahora mismo. De hecho, me encanta —se apresuró a asegurarle.

Pero para entonces Rose se había llevado la mano al pelo y parecía insegura, lo que hizo que Yuri cruzara la habitación en dos zancadas, se arrodillara sobre la cama y la besara como un loco, sin pensar. Al instante, sintió que se relajaba y que le pasaba los brazos por el cuello. La sábana que la medio cubría hasta entonces se cayó, dejando a la vista sus increíbles pechos.

—Yuri... —suspiró Rose—. No me puedo creer que me tengas que comprar un vestido.

—Te puedes poner uno tuyo si quieres, pero todas las mujeres que va a haber allí van a llevar vestidos de alta costura.

—Ya comprendo —contestó Rose sonriendo con sinceridad.

De repente, a Yuri se le quitaron las ganas de ir a la fiesta, pero sabía que, si no iban, corría el riesgo de empezar a hacer planes con aquella chica y él no era así.

No era el momento de su vida, el trabajo era lo primero y, en su forma de vida, no cabía una chica como Rose. No le podía dar lo que necesitaba.

Había muchas razones para ir a la fiesta, pero no pudo evitar ofrecerle lo contrario.

—Si prefieres que nos quedemos en casa...

—No, me has convencido —contestó Rose levantándose de la cama y reuniendo su ropa mientras le sonreía encantada—, pero te advierto, vaquero, que me encanta bailar.

Capítulo 15

E N AQUELLA ocasión, Rose estaba perfectamente preparada para los flashes de las cámaras
que la estaban esperando para cuando saliera de
la limusina. Yuri se bajó primero, les dio la espalda a los
periodistas y cubrió su salida.

–¿Te he dicho que estás preciosa, *malenki*? –le preguntó mientras se inclinaba para ayudarla.

«Diez o doce veces», pensó Rose encantada.

Llevaba un vestido de seda azul marino. Era una pieza
que le cubría hasta los tobillos y que tenía el cuerpo de
encaje y lo cierto era que se sentía muy guapa. Lucía
unas sandalias de tacón muy delicadas y un colgante de
rubíes con pendientes a juego. Cuando un guardia de seguridad había llevado los estuches de las joyas, Rose ya
estaba vestida y la tentación de aceptarlas en préstamo
había sido imposible de superar. Rose se llevó la mano
al cuello por enésima vez y Yuri le sonrió.

–No te preocupes, son solo joyas.

«Sí, joyas que valen una fortuna», pensó Rose.

–Solo sirven para realzar tu belleza, que es lo que en
realidad todo el mundo está admirando –le aseguró Yuri.

–Tú también estás muy guapo –contestó ella tomándolo del brazo y bajando la mirada para evitar los flashes en los ojos.

Una vez dentro del edificio, Yuri fue saludando a
mucha gente mientras Rose se fijaba en que había muchas mujeres hermosas. Yuri parecía conocer a todo el

mundo y todo el mundo parecía querer acercarse a saludarlo. Mientras lo hacía, tenía a Rose agarrada de la mano. A continuación, cruzaron la enorme pista de baile llena de bailarinas metidas en jaulas de barrotes dorados y fueron a una zona exclusiva de butacas de cuero negro custodiadas por guardaespaldas enormes. Fueron llegando otros hombres acompañados de otras mujeres. Ellas la miraron con curiosidad, pero a Rose no le importó. Como tampoco le importó que la conversación que, al principio se realizó en inglés por deferencia a ella, pronto cambiara al ruso. Se dedicó a observar a la gente que estaba bailando y sintió que su cuerpo se movía al ritmo de la música. Un tipo que había sentado frente a ella le tendió la mano, invitándola a bailar, pero Yuri le ladró algo en su lengua y el hombre se alejó.

–¿Qué quieres, *detka*? –le preguntó.

–Me apetece bailar contestó Rose.

–Luego –le dijo Yuri al oído mientras la besaba en el cuello.

A Rose no le hizo mucha gracia aquel beso ni cómo había tratado al otro hombre. Yuri se comportaba en público como si fuera de su propiedad. Él se lo estaría pasando muy bien, pero ella no tenía nadie con quien hablar y estaba comenzando aburrirse.

De repente, se sintió un accesorio.

–Yuri, me voy a bailar –anunció poniéndose en pie–. Quédate con tus amigos si quieres, no me importa, puedo ir a bailar yo sola.

Yuri se puso en pie a toda velocidad y la agarró de la cintura.

–Una canción –le dijo.

No podía apartar la mirada de ella.

La había llevado a aquella fiesta con el propósito de

neutralizar el efecto que Rose tenía en él y lo único que estaba consiguiendo era intensificarlo.

Rose bailaba con el mismo abandono sensual con el que se movía en la cama, tenía los ojos cerrados, movía los brazos por encima de la cabeza y el vaivén de sus caderas era hipnotizador. Yuri la tomó entre sus brazos y ella lo miró a los ojos. La música estaba altísima, así que Yuri no se molestó en intentar que lo oyera, se limitó a besarla para hacerle saber que era toda suya, pero que él no era suyo.

Rose salió de su mundo y se encontró con la boca de Yuri que la besara con fruición. Aquello hizo que el deseo se apoderara por completo de ella y que comenzara a apretarse contra él, lo que hizo que Yuri maldijera en ruso y se acercara a su oído.

—No nos podemos poner a fornicar en la pista de baile —la recriminó.

—No —contestó Rose confundida.

Le hubiera gustado poder decirle que era la primera vez que le sucedía algo así en su vida y que ni ella misma entendía lo que sentía. Creía que aquella tarde se habían acercado mientras hablaban, pero ahora comprendía que Yuri se estaba distanciando de nuevo, era evidente que ella no iba a volver a Fidelity Falls con él y que él no la quería en su mundo, así que lo único que les quedaba era el aquí y el ahora y eso se resumía en sexo.

Sus miradas se volvieron a encontrar y, dejándose llevar por un acuerdo tácito, Yuri la tomó de la mano e hizo un gesto para que un guardaespaldas les abriera paso entre la gente que bailaba. En un abrir y cerrar de ojos, se encontraron solos en un pasillo.

—¿Dónde estamos? —preguntó Rose.

Pero Yuri no le contestó. Se limitó a abrir una puerta y Rose se encontró con la espalda apoyada en una pared, la falda levantada y Yuri besándola salvajemente. No le dio tiempo de pensar, solo de reaccionar, abrió los ojos, vio que estaban completamente solos y se lanzó a por los botones del pantalón de Yuri, que no paraba de decir su nombre y de pronunciar cosas en ruso que ella no entendía, pero que de alguna manera la excitaban todavía más. Yuri le tomó la cabeza entre las manos y siguió besándola con fruición para hacerla comprender que era suya. Acto seguido, le apartó las braguitas de encaje y Rose sintió que las rodillas le temblaban de deseo. Sentía la mano de Yuri sobre su sexo y se moría de ganas por sentir su miembro dentro, pero, entonces, oyeron voces en el pasillo y Yuri se paró y maldijo.

—No debemos seguir —anunció dejando caer la cabeza hacia la pared—. No es el lugar, muñeca.

—Rose, llámame Rose —le dijo ella mirándolo a los ojos.

Sabía que iba a parar porque podía hacerlo. Sí, Yuri podía parar porque tenía la situación bajo control, no como ella, y eso era porque para ella aquello no era solo sexo. En todo aquello estaba implicado su corazón.

«No se va a enamorar de mí. Esto va a terminar muy mal y voy a sufrir...», pensó.

¿A quién vería Yuri cuando la miraba? ¿A una chica que se dejaba llevar por el deseo o a la Rose de verdad, esa chica que necesitaba estar enamorada para dejarse llevar por el deseo?

«Sí, me he enamorado de él».

—Rose —sonrió Yuri acariciándole la mejilla.

Aquel gesto dio al traste con las últimas defensas de Rose. Se había equivocado desde el principio. El amor no es una decisión intelectual, no puedes ir por ahí dándole consejos y herramientas a los demás para que salgan al mundo y hagan la mejor elección, para que elijan bien de quién se enamoran. Ella lo sabía por experiencia porque lo había intentado con otro hombre y todo había salido fatal. Yuri, desde un sentido puramente intelectual no era la mejor elección para ella, y aun así...

–Yuri... –suspiró tomándolo de la nuca con fuerza y besándola de nuevo.

Yuri no se resistió ni se apartó. Si lo hubiera hecho, Rose habría estado dispuesta a ponerse de rodillas y suplicar, pero no hizo falta porque Yuri se dejó llevar por el deseo también, volvió a apretarla contra la pared, le tomó las nalgas con las manos y la elevó para colocarse bien entre sus piernas y penetrarla una y otra vez hasta hacerla gemir.

Mientras la embestía una y otra vez no dejó de besarla ni un solo segundo, sus cuerpos y sus bocas se movían al mismo ritmo, Rose le pasó las piernas alrededor de la cintura, Yuri comenzó a gemir también acompañando los gritos de su pareja. A Rose le daba igual que alguien pudiera escucharlos, quería vivir aquel momento con total intensidad. Estaba a punto de llegar al orgasmo y Yuri seguía penetrándola una y otra vez. Rose se desintegró al tiempo que él se dejaba ir gritando. Rose dejó caer la cabeza, tenía la respiración entrecortada y se dio cuenta de que estaba intentando reprimir las lágrimas. Lágrimas de victoria, de felicidad. Yuri era suyo y ella era suficiente mujer para él. Cuando estaba con Yuri era aquella mujer salvaje a la que no le daba miedo su propia sexualidad.

Yuri la besó en la sien y Rose rezó para que lo que acababan de compartir significara para él tanto como para ella, pero Yuri se estaba recomponiendo, se pasó la palma de la mano por el cuello y, cuando la miró a los ojos, Rose se dio cuenta de que había una tensión que no estaba allí hacía un momento.

Se quedó de piedra.

Le hubiera gustado decirle que lo amaba, las palabras amenazaban con salirse de su boca, pero se limitó a alargar la mano y a quitarle algo de las comisuras de los labios.

—Pintalabios —murmuró.

Volvieron a la discoteca y Rose sintió que el pánico se apoderaba de ella. Lo iba a volver a perder.

—¿Cuándo nos vamos? —le preguntó.

—La noche es joven, *detka* —contestó Yuri—. Todavía no —añadió sin mirarla a los ojos.

Aquello fue como una bofetada.

—Quiero estar a solas contigo —confesó Rose.

Pero Yuri ya se había girado hacia la pista de baile y sus palabras se las tragaron la música y el ruido.

Se les unieron un par de parejas y Rose se dio cuenta de que Yuri comenzaba a distanciarse de nuevo. Acto seguido, la dejó sentada con un par de mujeres y le entregó una copa.

—No tardaré mucho. Luego, nos iremos, ¿de acuerdo?

Rose lo miró mientras se perdía entre la gente y supo que no iba a volver, que el Yuri que se había presentado en su casa en Toronto con sus ridículas acusaciones mientras la miraba con ojos golosos, aquel Yuri que había echado a su cliente de su casa y que le había dicho que se iba a Moscú con ella, aquel Yuri que la hacía sentirse especial ya no iba a volver.

Sí, la había llevado a Moscú, pero solo para compartir cama con ella. Ahora que lo había conseguido, solo era una más y la había llevado a la discoteca aquella noche para que le quedara muy claro.

Rose no era tonta, le había quedado claro.

Lo malo era que ahora no sabía qué hacer. Lo buscó con la mirada y no le costó mucho identificarlo por su altura. Estaba rodeado de hombres y, cómo no, también de mujeres. Rose se dijo que lo estaba haciendo adrede.

No le sorprendió que una pelirroja muy delgada le pasara el brazo por el hombro, pero lo que sí la sorprendió sobremanera fue que Yuri le pasara el brazo por la cintura. Aquello hizo que a Rose se le cayera la copa de la mano y se le manchara el bajo de su precioso vestido.

Yuri encontró a Rose sola en el vestíbulo. Había pasado diez minutos frenéticos buscándola, pensando que estaba sola en la discoteca o, peor aún, fuera de ella. En aquellos momentos, se había arrepentido de todas las estupideces que había hecho aquella noche y, sobre todo, se había arrepentido de haber ido a la fiesta.

Le había indicado a su equipo de seguridad que preparara el coche con idea de llevarla a casa para poder explicarle. ¿Y qué le iba a explicar? ¿Que no merecía la pena? ¿Que no quería una relación seria con ella porque no tenía nada que ofrecerle?

–Rose –la llamó.

Ella se giró. Estaba lívida y parpadeó al verlo. Yuri supo que era demasiado tarde.

–Te he visto con la pelirroja.

Yuri sintió que el abrigo se le resbalaba de las manos. Esperaba que Rose se enfadara, pero no se había enfadado, estaba apenada.

–Lo he hecho adrede –confesó Yuri ante su dolor–. ¿Lo entiendes? Lo he hecho para que veas lo que significa formar parte de mi vida...

Rose negó con la cabeza.

–Yo ya no quiero formar parte de tu vida –declaró.

Yuri deseó que se enfadara, que patalera, que lo insultara, pero Rose no hizo nada de aquello, se quedó mirándolo con sus enormes ojos azules y Yuri vio que su fuego interno se había apagado.

–Rose –dijo desesperado–. Yo no quiero que esto se acabe –añadió.

Rose tomó aire.

–¿Estás dispuesto a volver conmigo a Toronto después del fin de semana? –le preguntó.

Yuri frunció el ceño. No comprendía a qué venía aquella pregunta.

–Tengo que estar en Londres la próxima semana.

Rose lo miró como si la hubiera abofeteado.

–Vente conmigo –la instó Yuri.

Rose cerró los ojos. Era obvio por su tono de voz que hasta Yuri se había sorprendido de lo que acababa de decir. Rose esperó a que retiraba la invitación, pero no lo hizo.

–Vente conmigo –insistió.

–No puedo, Yuri –contestó–. Tu vida está aquí y mi vida está en Toronto. No va a funcionar.

No se podía creer lo mucho que se parecía aquella situación a la que había vivido en Houston con Bill. Todavía recordaba sus palabras. «Querías un marido y me elegiste a mí, pero tú no me quieres, Rose, y yo no te quiero a ti. Lo que pasa es que estás deseando enamorarte. Va a haber otros hombres en tu vida y a mí no me importa siempre y cuando seas discreta».

Entonces, al oír aquello, Rose había comprendido que se merecía algo más de lo que Bill Hilliger le podía ofrecer.

Lo había sabido entonces y lo sabía ahora.

Había elegido a Yuri, pero él no la quería y no la iba a querer nunca, no de la manera que ella necesitaba que un hombre la quisiera y, además, se merecía algo más. Cuando entregara su corazón, quería que fuera a un hombre para la que ella fuera lo primero en su vida, un hombre que la antepusiera a su trabajo, a su dolor, a su profesión e incluso a sí mismo porque ella estaba dispuesta a hacer lo mismo por él.

Rose se agachó y recogió el abrigo de Yuri.

–Deja que te lleve a casa –le dijo él–. Así podremos hablar y arreglar las cosas, *malenki*. Lo siento –añadió acariciándole el pelo.

Rose cerró los ojos. ¿Qué era lo que sentía? ¿Lo de la pelirroja? ¿Haberla tratado como si fuera una cualquiera? ¿Haberla llevado a Moscú y que hubiera permitido que creyera que...? Sí, desde luego, aquel hombre era el mismísimo demonio, la tentación encarnada.

–Sí, llévame a casa –accedió.

Una vez en el coche, se sentó todo lo lejos que pudo de él y se envolvió en su abrigo. Aun así, tenía frío, mucho frío. Tenía tanto frío que le castañeteaban los dientes. No había tenido tanto frío en su vida.

Yuri llamó a la puerta con fuerza y esperó.

Rosa se había metido en la habitación de invitados en cuanto habían llegado a casa. Yuri había oído que cerraba con un portazo y no se había atrevido a seguirla, así que se había puesto una copa en el salón y se había subido a tomársela a la cama, aquella misma cama en la que habían hecho el amor y que todavía olía a ella.

Por una parte, pensaba que era mejor que las cosas terminaran así, que sería más fácil dejarla marchar si estaba disgustada con él. Tenía la sospecha de que, si insistía un poco, conseguiría calmarla y convencerla para que se quedara, pero sabía que una chica como Rose no encajaba en su mundo y que debería dejarla marchar.

Rose, su Rosy, quería un marido, hijos y un hogar y él no podía darle nada de aquello, pero, con un poco de suerte, dentro de un rato, una hora o dos, podría deslizarse en su habitación y dormir abrazado a ella.

Maldición.

Aquello no podía continuar así.

Yuri se levantó de la cama y bajó las escaleras con sigilo para no asustarla. Volvió a llamar a su puerta, la llamó por su nombre, pero nada, así que volvió a llamar, más fuerte. Nada, así que abrió la puerta. Las luces estaban apagadas.

–¿Rose?

No obtuvo respuesta. Encendió la luz. La cama estaba sin deshacer. Fue hacia el baño. También vacío, tal y como se temía. El equipaje de Rose no estaba. Eso era lo que quería, ¿no? Que se marchara. Pues ya se había ido.

Capítulo 16

NECESITABA hacer algo, así que encendió el ordenador portátil con la esperanza de que la batería aguantara por lo menos un par de horas.

Llevaba tres días con su familia en Fidelity Falls y ya no podía más, se moría por volver con sus amigas, a su trabajo y a su vida. Qué locura. En el taxi que había tomado para ir desde casa de Yuri al aeropuerto, lo único que había pensado era en volver a ver a su familia. En cuanto el avión había tomado tierra en Dallas y había visto a dos de sus hermanos, a su padre y a Melody esperándola, había tenido claro que había tomado una buena decisión y había corrido hacia ellos para abrazarlos con lágrimas en los ojos, pues hacía más de un año que no los veía.

Sin embargo, al día siguiente, ya estaba buscando billete para volar hacia Toronto. Volver a casa le había hecho comprender lo mucho que había madurado. Su vida ya no estaba en un pequeño pueblo de Texas. En su familia cada cual tenía su vida, sus hermanos tenían mujeres e hijos, su padre y su mujer estaban planeando un crucero para Semana Santa...

Les había dicho que se encontraba bien y era cierto, todo le iba bien, excepto aquel peso que sentía en el pecho y que sabía que la acompañaría durante una temporada. Tenía que aprender a ser como Phoebe, que estaba saliendo con Sasha Rykov, pero tenía muy claro que no iba a ningún sitio con aquel joven de veinticuatro años.

Su amiga le había contado por teléfono que estaba muy bien aquello de que todo el mundo la mirara con envidia, que él era muy dulce y que el sexo era fantástico. Por lo visto, él creía que lo suyo iba a durar para siempre, pero ella tenía muy claro que terminaría antes que el contrato que él había firmado con la Liga Nacional de Hockey canadiense porque Sasha no era hombre de una sola mujer.

Rosa intentó aplicar aquella misma lógica a Yuri, que era un multimillonario ligón que cambiaba de mujer como de chaqueta. Se lo había dejado claro desde el principio, así que más le valía no hacerse ilusiones porque Yuri no iba a remover cielo y tierra para encontrarla. Ni siquiera, iba a levantar el teléfono para ver qué tal estaba...

En aquel momento, se abrió la página web de Cita con el Destino y Rose se dijo que había llegado el momento de ponerse a trabajar porque en aquellos días, mientras paseaba por el campo de su niñez, había decidido que iba a abrir la empresa a nivel nacional. ¿Por qué no?

Además, entregarse al trabajo era la mejor cura.

Rose frunció el ceño al ver una fotografía del equipo de los Lobos al completo en la portada de su web.

¿Qué demonios era aquello? Leyó el texto a toda velocidad y se sonrojó. El sonrojo no tardó mucho en dar paso al enfado y Rose se preguntó quién demonios se creía aquel hombre que era y por qué se atrevía a dejarla en ridículo de aquella manera.

–Aquí llega, actuad con naturalidad –oyó Rosa que Phoebe decía.

Rose pasó por encima de la escalera que había en la puerta e hizo un gesto con la mano en el aire para apartar el polvo.

–¿Cómo podéis trabajar con este lío?

–No es para tanto –contestó Caroline desde su mesa, cubierta con un plástico de protección–. Lo peor es cuando...

En aquel momento, un obrero con una taladradora puso la máquina en marcha para hacer unos agujeros en la pared y Caroline puso los ojos en blanco. Rose les indicó que salieran al pasillo a hablar. Las chicas no parecían tener mucha prisa por seguirla, pero no tuvieron más remedio que hacerlo.

–¿Cuánto os está pagando y cómo me habéis podido hacer una cosa así? –les preguntó Rose.

–Has visto la web –suspiró Caroline.

–Claro que la ha visto –terció Phoebe–. Deja de lloriquear, Harkness. Es publicidad de la buena para nosotras. Veinte jugadores de los Lobos, veinte citas y una subasta. El albergue consigue el dinero que necesita y nosotras crecemos a nivel nacional. Si Yuri Kuragin se siente culpable por algo, peor para él. No lo estropees todo.

–¡No pienso aceptar nada de ese hombre! –declaró Rose odiando en aquel momento a su amiga Phoebe porque tenía razón.

–Pues qué pena porque nosotras sí.

–Venga, Rose, no se lo que habrá pasado en Moscú, pero tienes que olvidarlo –intervino Caroline.

«¿Cómo lo voy a olvidar si todavía no he podido digerirlo?», se preguntó Rose completamente desconcertada. Entonces recordó que ese era el consejo que siempre daba en su página, que siguieran adelante con sus vidas, que no miraran hacia atrás. Se le antojó el peor consejo del mundo. No se esperaba en absoluto que sus amigas reaccionaran así, que Phoebe solo se interesara por la empresa y que Caroline le dijera que se olvidara del asunto.

–¿Por qué hace esto? –se preguntó en voz alta al tiempo que golpeaba con un pie en el suelo.

–Eso solo lo sabes tú –contestó Phoebe poniéndole la mano en el hombro–. La semana pasada fuiste a su hotel para conseguir publicidad para la empresa y mira lo que has conseguido. A caballo regalado no le mires el diente.

–Os juro que, si no fuera porque está en Londres ahora mismo, iría a buscarlo y le pegaría un buen puñetazo en la nariz –se indignó Rose.

Caroline negó con la cabeza y Phoebe sonrió.

–¿Qué pasa?

–El ruso alto y rico al que te refieres no está en Londres, muñeca. Lleva toda la semana en Toronto.

Parecía que hacía un millón de años que había entrado por primera vez en el hotel Dorrington en lugar de solo una semana. Nada más entrar, lo vio en el bar y sintió que el corazón se le paraba. Era imposible no verlo. Además de porque resaltaba por su estatura, era el hombre más guapo de la estancia.

Y era su hombre.

Rose no contaba con volver a sentirse tan atraída por él, pero lo cierto fue que no pudo evitar que todo el cuerpo le temblara, pero, al fijarse en que todas las demás mujeres del bar lo estaban mirando también, se recordó a sí misma que ese era el efecto que Yuri tenía y que a él le gustaba, lo que hizo que recuperara el enfado inicial.

Yuri estaba apoyado en la barra de madera de teca con otros hombres. Rose reconoció a un par de sus jugadores. Todos escuchaban lo que Yuri estaba diciendo. Rose dudó si acercarse. Fue entonces cuando él la vio. Al posar su mirada en ella, se irguió y a Rose le pareció que estaba tan sorprendido como ella.

Rose sintió que le costaba respirar, pero avanzó hacia él con la firme determinación de no permitir que se diera cuenta de cuánto la había hecho sufrir.

–¿Por qué no estás en Londres? –le preguntó–. ¿Por qué me haces esto? ¿No te parece suficiente el precio que he tenido que pagar por atreverme a obtener cierta publicidad de ti? –le espetó sin embargo.

Nada, imposible mantener la compostura. ¿Y por qué se había quedado mirándola fijamente?

–Lo siento... siento haberme comportado de mala manera contigo, pero estaba desesperada y no sabía qué hacer. Había que pagar la hipoteca del albergue y necesitaba el dinero. Claro que eso ya lo has resuelto tú... bueno, señor Kuragin, nuestra relación termina aquí –concluyó alargando el brazo para estrecharle la mano.

Yuri se quedó mirándola como si fuera un objeto desconocido. Rose estaba orgullosa porque no le temblaba, pero, en lo más profundo de sí misma, sabía que lo estaba haciendo todo mal. Estaba desesperada por no perder la dignidad, pero no pudo evitar mirarlo a los ojos por última vez y entonces vio algo nuevo, algo extraño que la hizo dudar y que la empujaba hacia él a pesar de que sabía que todo el bar los estaba mirando, a pesar de que sabía que había hecho en público lo que tendría que haber hecho en privado. Para su sorpresa, no se sentía humillada si no... esperanzada... porque Yuri la estaba mirando como si...

Pero no, no, era imposible, así que Rose recuperó la cordura e hizo lo único que podía hacer: girar sobre sus talones y alejarse de allí.

Yuri no se movió. Hasta aquel momento se había convencido de que ofrecer al equipo completo era suficiente, de que quedarse en Toronto hasta el domingo era suficiente, pero entonces Rose había entrado en el bar.

Desde que había huido de él en Moscú, se había dicho una y otra vez que aquello había sido lo mejor porque no era digno de ella, no se la merecía, ¿cómo se iba a merecer algo así el hijo de una pecadora, como le solía decir su abuela? Se había pasado la vida entera arriesgándolo todo porque estaba convencido de no valer nada. Sobre todo, para las mujeres. Ninguna mujer importante de su vida lo había querido de verdad. Así había vivido durante veintiocho años. Por eso, había buscado siempre relaciones sexuales vacías. Hasta que había conocido a Rose, aquella mujer que le había abierto su corazón y su alma. Al principio, había confundido aquella apertura con una conexión sexual porque era lo único que entendía que podía suceder entre hombres y mujeres, pero ahora sabía que había algo más.

Rosa le había ofrecido el camino directo hacia su corazón y él se lo había pisoteado.

Capítulo 17

ROSE, has adelgazado –dijo la señora Padalecki al ver acercarse a su vecina.

–¿De verdad? –sonrió Rose.

–Tienes la cara más delgada.

–Bueno, ya lo recuperaré en Navidad –contestó Rose.

No le apetecía hablar, lo único que quería era meterse en casa y estar sola, pero la señora Padalecki tenía otras necesidades.

–¿Qué tal por Moscú?

–Mucho frío y un tanto... insoportable.

Rita asintió como si la comprendiera perfectamente.

–Entonces, ese joven no está contigo, el extranjero...

–Ah, no –contestó Rose forzando una risa–. No, ya no estamos juntos.

–Qué pena –comentó su vecina–. Parecía... diferente.

Claro que era diferente.

–Me di cuenta perfectamente de que era importante para ti –comentó la anciana acariciándole la mejilla–. Mañana te traigo comida. Es evidente que no estás comiendo bien.

Rose no se molestó en protestar. Bastante tenía con no ponerse a llorar. Rita había sido la única persona que se había dado cuenta de sus verdaderos sentimientos y que le había dado la dignidad que se merecían.

«Sí, es cierto, Yuri me importa mucho, pero tengo mi orgullo y mi dignidad y me da miedo dar rienda suelta a mis sentimientos por si él no siente lo mismo por mí», pensó.

Estaba sentada en su cocina cuando sonó el móvil. Era Phoebe, que estaba en el Dorrington, ultimando los preparativos para la subasta y la fiesta que iba a haber a continuación.

–Deberías venir –le dijo su amiga–. Todo esto ha sido gracias a ti.

Rose sabía que no podía ir, que no podría volver a ver a Yuri, que el dolor sería insufrible, el dolor de saber que solo había sido una chica más.

–No, Phoebe, no voy a ir. No puedo...

Pero, entonces, se dio cuenta de que Yuri llevaba toda la semana en Toronto, de que no había ido a Londres, de que había ido a buscarla tal y como ella le había pedido y lo habría hecho porque querría explicarle muchas cosas, pero ella ni siquiera le había dado opción aquella tarde.

–Phoebe, te tengo que dejar si quiero llegar a tiempo. Por favor, asegúrate de que el equipo de sonido funcione bien.

–Sí, jefa. ¿Entonces vienes para acá?

–Sí, eso parece –contestó Rose colgando inmediatamente.

No había tiempo que perder, tenía que ducharse, maquillarse y ponerse un vestido espectacular. Se había acabado huir de Yuri. Se había acabado juzgarlo. Por primera vez, iba a confiar en él.

Yuri apenas escuchaba a la periodista que le estaba preguntando, pues estaba ocupado en sus propios pensamientos.

«Estoy loco por estar aquí. Debería estar en casa de Rose, de rodillas, pidiéndole que me perdone...».

Recordó a Rose, que hacía poco más de una semana se había abierto paso entre la multitud para hacerle también una pregunta, recordó su rostro, su sonrisa y, en aquel momento, el murmullo de los presentes acaparó su atención y se fijó en una morena que subía al estrado y agarraba el micrófono ataviada con un vestido color morado que marcaba sus maravillosas curvas.

—Señoras y señores, va a comenzar la subasta —anunció.

Los invitados congregados siguieron murmurando y Yuri comprendió que aquello no tenía nada que ver con la subasta y todo que ver con la mujer que la iba a dirigir porque, a pesar de que su vestido era mucho más recatado que el de otras muchas mujeres, había algo en la mujer que lo llevaba, algo especial.

Sí, Rose tenía algo especial.

—Buenas tardes, soy Rose Harkness, la directora de Cita con el Destino y es para mí un honor participar en esta maravillosa subasta con los Lobos. Como todos ustedes saben, los fondos que recaudemos hoy irán a parar íntegramente a un albergue para mujeres y todo esto se lo debemos a un hombre en concreto —continuó poniéndose la mano sobre los ojos y mirando hacia el público—. El señor Yuri Kuragin. Un fuerte aplauso para él.

Yuri se dio cuenta de que todo el mundo lo miraba, pero él solamente tenía ojos para el escote de Rose. ¿Eran imaginaciones suyas o se le estaba bajando? A aquel paso, iba a tener que subir al escenario para ponerle la chaqueta sobre los hombros y taparla.

—Bueno, vamos a dar comienzo a la subasta. El primero que me va a ayudar va a ser Denisov, ¿verdad, guapo? Venga, ¿dónde estás? Sube aquí conmigo, no seas tímido.

Una hora. Aquello iba a durar, por lo menos, una

hora. Una hora de Rose yendo y viniendo con aquel vestido, hablando con aquella maravillosa voz, tocando a los jugadores que iban a ir acompañándola en el escenario. Y él iba a tener que aguantarse, iba a tener que ver cómo flirteaba con otros. En aquel momento, Denisov ya la tenía agarrada por la cintura.

Yuri se preparó para pasar la hora más larga de su vida y, cuando terminó la subasta, se fue a hurtadillas, sin equipo de seguridad, se subió a su Porsche 911 y se dirigió a casa de Rose. Ella se había quedado concediendo una entrevista, pero lo había visto irse y Yuri sabía que no tardaría mucho en reunirse con él.

Así que daba por terminada su relación, ¿eh? Eso era lo que ella se creía.

Yuri observó cómo Rose se bajaba del taxi y abría la puerta de su casa y esperó a que se encendiera la luz de su dormitorio para apagar el motor. A continuación, cruzó la calle con las manos en los bolsillos y agachó la cabeza, pues llovía con fuerza. No se había molestado en ponerse el abrigo, así que llegó empapado. Llamó con la aldaba y, aunque no se encendió la luz del porche, escuchó ruidos que le indicaron que Rose estaba abriendo. Sin embargo, dejó la cadena de seguridad echada y lo miró como si en cualquier momento le fuera a cerrar la puerta en las narices.

—Rose —dijo él con voz trémula.

Rose retiró la cadena lentamente, abrió la puerta y lo dejó pasar. Yuri se apoyó en la puerta y la cerró, dejando fuera la noche, la lluvia y el resto del mundo. Rose no dijo nada, se limitó a mirarlo con sus enormes ojos azules. Se había quitado el vestido morado y ahora llevaba un salto de cama color marfil, el pelo suelto e iba descalza.

Yuri se disponía a hablar cuando Rose se lanzó a sus brazos y lo besó. Yuri percibió su enfado en aquel beso, la fuerza de Rose y respondió de la misma manera. Rose comenzó a darle puñetazos en el pecho y él se lo permitió. Al cabo de unos segundos, se paró, abrió las palmas de las manos sobre su tórax y lo miró con lágrimas en los ojos.

Yuri escondió el rostro en su cuello, la tomó de las caderas y la condujo hacia las escaleras. Rose le pasó los brazos por el cuello, él la tomó en brazos y encontró el camino hacia su cama. Una vez allí, recorrió su cuerpo con sus dedos, con sus labios, con su lengua hasta que se vio impelido dentro de ella y juntos encontraron un ritmo muy antiguo que los fue llevando al clímax, que tuvo lugar con Rose montada a horcajadas sobre él, cabalgando y tomando lo que era suyo, lo que le pertenecía. Y Yuri la dejó hacer hasta que se desplomó sobre él y comenzó a sollozar.

—Fue un flechazo, Rose —confesó en voz baja—. Luché contra ello porque era lo que tenía que hacer.

—¿Por qué? —gimió Rose.

—Porque sabía lo que significaba, sabía que tendría que dejarlo todo.

Rose lo miró a los ojos.

—¿Te refieres a dejar a las demás mujeres? —le preguntó.

—No, claro que no me refiero a eso —le aseguró Yuri tomándole el rostro entre las manos—. No hay otras mujeres, Rose. Ese nunca ha sido el problema. El problema soy yo. El desprecio que siento por mí mismo. Contigo, a tu lado, he descubierto que soy otro hombre, que me merezco ser feliz.

Rose se quedó en silencio, sorprendida, pues eso era precisamente lo que ella quería decirle. Yuri la abrazó con ternura y la acunó mientras hablaba.

–Me he construido una vida fría, dura y distante...

–Como tu casa de Moscú –intervino Rose–. Cuando la vi, me pregunté: «¿Cómo me puedo haber enamorado de este hombre?», pero, cuando vi las consolas, me dije: «A lo mejor hay una posibilidad».

Yuri se rio.

–Casi te pierdo –se entristeció.

–Pero nos hemos vuelto a encontrar –le recordó Rose.

–No creía ser digno de ti.

Rose negó con la cabeza. Yuri sabía que quería oír la verdad, aunque fuera dolorosa, y decidió contársela.

–Me he venido repitiendo desde el principio que lo nuestro no podía funcionar. Te llevé a aquella discoteca en Moscú para que vieras quién soy y no me gustó lo que yo mismo vi. Cuando te fuiste, Moscú me parecía vacío y Londres no me apetecía en absoluto, así que me vine a Toronto para arreglar las cosas. No vine con la intención de hacer las paces porque creía firmemente que estabas mejor sin mí.

Rose le acarició la mejilla.

–No me sentía digno de ser amado por nadie y, menos, por ti. Tú has aportado algo nuevo a mi vida, la ternura, algo que yo no había conocido. Perdóname por no haberme dado cuenta.

–¿Me quieres?

–Te quiero desde el primer momento, desde que te vi, pero no lo reconocí porque nunca lo había sentido.

–A mí me ha pasado lo mismo. Creía que el amor era algo que se estudia en la universidad, algo que se entiende y de lo que se puede hablar intelectualmente, pero ahora me doy cuenta de que, aunque soy psicóloga, no tenía ni idea de lo que les estaba diciendo a mis clientes...

–Vas a tener que remediar eso –intervino Yuri–. Ya te has bebido el vino.

–¿Y eso qué quiere decir?

–Es un dicho ruso que quiere decir que ya no hay marcha atrás, que ya eres mía, que la boda se celebrará en breve.

–¿Me estás prometiendo matrimonio, Yuri Kuragin? –le preguntó Rose en tono divertido.

–Por supuesto –contestó Yuri–, pero deja que te lo pida en una ocasión más solemne, de rodillas y con el anillo adecuado.

Rose lo abrazó con fuerza. Cuánto lo quería.

–Te quería hacer una pregunta... aquella orgía en el yate...

–Rose, esa orgía nunca existió.

Rose volvió a abrazarlo con fuerza.

–¿Y qué van a hacer ahora los periodistas, cuando te conviertas en un hombre felizmente casado que vive en Toronto?

–Supongo que encontrar a otro pobrecillo al que atormentar –se rio Yuri.

–A lo mejor se fijan en mí. Ya sabes que yo puedo cometer locuras. Dicen por ahí que una vez me fui a Moscú con un millonario ruso al que no conocía de nada –sonrió Rose.

–*Da*, pero eso fue cuando eras una mujer soltera, *malenki*. Eso ha quedado atrás. A partir de ahora, te irás de vacaciones a las Maldivas con tu marido ruso.

–Todavía no he dicho que sí, vaquero.

Yuri la tomó del mentón y la obligó a mirarlo a los ojos.

–Rose, ¿te quieres casar conmigo?

–*Da* –murmuró Rose cerrando los ojos mientras Yuri la besaba.

Cuando abrió los ojos, le pareció que su futuro marido estaba conmocionado. Aquel ruso alto e invencible era un romántico después de todo.

–Se me acaba de ocurrir que quiero que la señora Padalecki sea la primera en enterarse y quiero decírselo personalmente porque es como de la familia.

Yuri chasqueó la lengua y comenzó a recorrer el cuerpo de Rose con las manos.

–Sí, ya se lo diremos –contestó–, pero dentro de un rato...

Bianca

Lo que quería… lo tomaba

Cruelmente rechazada en su noche de bodas, Noelle Ducasse escondió la vergüenza de ser una esposa virgen creándose una nueva vida glamurosa para ocultar su profunda y dolorosa soledad. Hasta que Ammar regresó.

La imagen de los ojos cándidos de Noelle seguía acompañando a Ammar. Ella podía resistirse cuanto quisiera, pero en esa ocasión el despiadado Ammar no aceptaría un rechazo. Utilizaría cada instante de cada noche para demostrarle a su mujer que, por mucho que su mente lo negara, podía derretirse con las exquisitas caricias de su marido.

Un marido desconocido

Kate Hewitt

Acepte 2 de nuestras mejores novelas de amor GRATIS

¡Y reciba un regalo sorpresa!

Oferta especial de tiempo limitado

Rellene el cupón y envíelo a
Harlequin Reader Service®
3010 Walden Ave.
P.O. Box 1867
Buffalo, N.Y. 14240-1867

¡Sí! Por favor, envíenme 2 novelas de amor de Harlequin (1 Bianca® y 1 Deseo®) gratis, más el regalo sorpresa. Luego remítanme 4 novelas nuevas todos los meses, las cuales recibiré mucho antes de que aparezcan en librerías, y factúrenme al bajo precio de $3,24 cada una, más $0,25 por envío e impuesto de ventas, si corresponde*. Este es el precio total, y es un ahorro de casi el 20% sobre el precio de portada. !Una oferta excelente! Entiendo que el hecho de aceptar estos libros y el regalo no me obliga en forma alguna a la compra de libros adicionales. Y también que puedo devolver cualquier envío y cancelar en cualquier momento. Aún si decido no comprar ningún otro libro de Harlequin, los 2 libros gratis y el regalo sorpresa son míos para siempre.

416 LBN DU7N

Nombre y apellido	(Por favor, letra de molde)
Dirección	Apartamento No.
Ciudad	Estado Zona postal

Esta oferta se limita a un pedido por hogar y no está disponible para los subscriptores actuales de Deseo® y Bianca®.
*Los términos y precios quedan sujetos a cambios sin aviso previo.
Impuestos de ventas aplican en N.Y.

SPN-03

Deseo

Viviendo un cuento
JENNIFER LEWIS

Nada le despertaba más el romanticismo a Annie Sullivan que
la búsqueda de una reliquia per-
dida en la mansión de Sinclair
Drummond, su jefe, de quien estaba secretamente enamorada.
Mientras registraban el viejo des-
ván, las pasiones contenidas se
apoderaron de ambos y acabaron haciendo el amor desenfre-
nadamente.

Tras dos matrimonios fallidos a
sus espaldas, Sinclair estaba decidido a no volver a comprome-
terse con nadie. Y menos con su
ama de llaves. Pero cuando lle-
vó a Annie a un baile de gala, la música y la magia del ambiente le hicieron pensar que todo era posible. Incluso
acabar con la maldición que parecía arrastrar en sus relaciones.

¿Se rompería el hechizo?

¡YA EN TU PUNTO DE VENTA!

La herida que Dimitri Kalakos infligió a Louise Frobisher había tardado años en curar. Y, sin embargo, ahora se veía obligada a enfrentarse a él de nuevo, ya que necesitaba la ayuda económica del implacable magnate... ¡pero absolutamente nada más!

Louise le ofreció a Dimitri la única cosa que él pensaba que su dinero no podía comprar: ¡la isla griega que debería haber sido suya! Ella confiaba en hacer un buen trato, pero Dimitri sabía que solo podía haber un único ganador... y la palabra «fracaso» no figuraba en su vocabulario.

HARLEQUIN *Bianca.*

Chantelle Shaw
Isla de pasión

Isla de pasión

Chantelle Shaw